中公文庫

月　と　雷

角田光代

中央公論新社

目次

月と雷

どうやら自分は女にもてるらしいと、東原智《ひがしばらさとる》が気づいたのは小学生のころだった。中学に上がってそれは確信になり、高校に上がってごくふつうのことになった。どこに引っ越しても、智の周囲にはつねに彼に好意を持つ女性がいた。交際相手に困らないばかりか、波のようにたえまのない思春期の性欲をも、持て余すということがなかった。関係は、いつも智がふられる格好で終わったが、べつの相手に乗り換えればすむことだった。

二十代になっても相変わらず智はもて続けており、高校時代と同じくそれは智にとってごく自然なことだったのだが、二十代も後半にさしかかったとき、智はふと不安を覚えるようになった。三十代の半ばの今、その不安は確固たるものになった。

どうやら自分には関係を持続させる力が欠如しているらしいと、三十四歳の智は気づいたのである。

智は結婚したいと積極的に思ったことがなかった。ただ、三十歳前後で結婚し、ごくふつうに家庭を作るんだろうと漠然と信じていた。まわりの友人たちがそうしているように。

だから、二十代の終わりから三十代の前半、関係を持った相手のなかで家庭生活向きだと（自分が勝手に）思う女性たちには、結婚を持ちかけた。しかしその話にのってくれる女性はいないばかりか、彼女たちは見てはいけないものを見てしまったかのように逃げ出すのであった。

つい数週間前も、智は「別れたい」と言われたばかりだった。野崎史恵《のざきふみえ》は智より三つ年下で、出版社の経理部に勤めている。半年前、女ばかりで飲んでいたグループに智が声をかけた。史恵は智にすれば家庭生活向きの女だった。もうそろそろ結婚を持ちかけよう、今度こそはだいじょうぶだろうと智が思った矢先の「別れたい」だった。月に幾度か会って関係を持つ女はほかにもいた。二十四歳の琴美とか。二十八歳の鈴子とか。三十八歳の理香とか。けれど彼女たちは智にとっては家庭生活向きではなく、また、一対一で交際するような相手でもなかった。

「別れたい」と言われたのは史恵の部屋だった。二ヵ月前に工事現場のアルバイトをやめてから、1LDKのその部屋に、ほとんど智は入り浸っていた。毎朝史恵を送り出し、ハローワークにいって仕事をさがし、面接にいったりいかなかったりし、パチンコ屋にいったりいかなかったりし、夕方には帰って史恵を待つ日々だった。

なんで別れたいの？　と智は訊いた。切実にそれを知りたがっている自分に驚いた。今まで、そんなことを女に訊いたことはなかったのだ。けれど智は知りたかった。関係を持続させる力がなぜ自分にはないのか、知りたかった。

その年で定職がないからだとか、ヒモみたいに暮らしているからだとか、そういうことを言われるんだろうと智は思っていた。でもおれ、まいんちハローワークにいってるんだぜ、もうじき仕事だってちゃんと決まるよ、という切り返しも用意していた。けれど史恵はそうは言わなかった。「なんかあなたってこわいのよ」というのが、史恵の答えだった。

「こわいって何が」手をあげたことはもちろん、声を荒らげたこともない智はさらに訊いた。

「なんていうか、ふつうのことがふつうにできないでしょ、あなたは」史恵は言い、

「ふつうのことって何」ますますわけがわからなくなって訊くと、

「生活よ」と、史恵は言うのだった。

やっぱり仕事のことだろうかと、先に考えておいた切り返しを言おうとすると、

「そういうことじゃないの」と、遮られた。「私はべつに、あなたが無職だろうが一日ここでテレビを見ていようがぜんぜんかまわない。そういうことがいやなんじゃなくて、あなたといると生活している気がしないの。そして私は生活がしたいの」

てきぱきと史恵は言い、テーブルの上の汚れた皿を重ねて流しに持っていき、てきぱきと洗いはじめた。生活ってなんだろうと、史恵の作った夕食が置いてあったテーブルを眺めて智は考えた。考えたが、わからないので「生活って何」とまた訊いた。

「食べたり、話したり、掃除したり、眠ったり、そういうことをくり返すのが生活」

「掃除当番とか、決める？」

「だからそういうんじゃないの。何々をしないから別れたいと言っているのじゃなくて、あなたには生活ができないと思うから別れたいと言っているの」

「食べたり、寝たり、してるじゃん、すでに。掃除とか洗濯とか、べつにおれやってもいいんだぜ、ただそれぞれのやりかたもあるだろうから遠慮してやらないだけで。こうしてくれっていうのがあれば、教えてくれれば、おれ、やるし」

「あのね」水道の蛇口をひねり、カウンターキッチンから智を見つめ、史恵は重々しい口調で言った。「食べたり、掃除したりってことが生活なんじゃないの。それをくり返すってことが、果てしなくくり返すってことが生活だと私は思うの」

くり返すなんてかんたんじゃん、とまたも反駁《はんばく》しようとしたが、きっとまた何か意味不明のことを言い返されるんだろうと智は黙ったままでいた。史恵の意志はかたそうだった。それでも一縷《いちる》の望みにすがるように、食器を洗い終えた史恵を寝室に連れていってベッドに押し倒した。性交すれば史恵も考えをかえるのではないかと思ったのだった。だからいつもよりていねいに前戯をし、いつもより長くかけて射精をし、いつもよりやさしく後戯をしようとしたのだが、ことが終わると史恵はさっと立ち、やはりてきぱきと下着を身につけ、寝間着を着、

「だからもうここにはこないで。連絡もしないでね」と、真顔で智に告げた。

以来、智は生活というものについてずっと考えている。貯金が少なくなってきたので清掃のアルバイトをはじめ、ときどき琴美や理香と会い、飲み屋で女性に声をかけ、散らかったアパートでスナック菓子を食べながらテレビを見、生活ってなんだ、と考えている。女が別れ際に言った言葉をそんなふうに反芻《はんすう》するのもまた、智にははじめてのことだった。

「だらしないってことじゃないかなあ」と言ったのは麻里だった。

麻里は年上の専業主婦で、子どもはいない。証券会社に勤める夫を愛しているが、性行為は五年ほどしていないと智に言った。麻里は智がほかの女性と交際していることも知っている。それが気楽で、ほかの女には言えないことも麻里にはずいぶんと話している。だから智は、麻里に訊いてみたのだった。おれ、生活できないって言われたんだけど、生活ってなんのことかな、と。

「だらしないって、片づけないとかそういうこと?」洗濯前後の衣類や、雑誌やCDや、菓子袋や空のペットボトルが散乱する自分の部屋を思い浮かべながら智は訊いた。

「うーん」麻里はラブホテルのベッドで天井を見上げて瞬《まばた》きし、「さとちゃんさ、たとえば、ごはんがお菓子でも平気でしょう」と言う。まあな、と麻里の髪を指で梳《す》きながら智は答える。実際、史恵と別れてからの夕食はほとんど菓子だった。実家で暮らす琴美ともスナックに勤めている鈴子とも、外でしか会わない麻里とも外食しかしない。それもいくのは居酒屋ばかりである。「一日三回のごはんがお菓子でも平気でしょう」「三食も食べないけどね。朝はコーヒー買って飲むだけだし」「そういうのが、生活できないっていうんじゃないのかなあ」「でもふつうだろ、そんなの。食事がわりに菓子食うやつっていっぱいいると思うけど」「それがさあ、一年間、毎日毎日続いてもさとちゃんは平気でしょ。そういうのが、彼女はいやだったんじゃないの」麻里は天井を見つめたまま言い、智に視線を移し「そういうところが私には楽なんだけど」とつぶやくように言い、身を起こして智に覆いかぶさった。

二回目の性交をしながら、智は幼いころのことを思い出していた。狭苦しいアパートでの母親との二人暮らしや、いっとき暮らした母の恋人の家や、寄り合い所のようだった知らない人の家、ストーブのある駅の待合室や、泰子《やすこ》ちゃんのことや。だらしない、ということも、食事が菓子でも平気、ということも、なぜ「生活できない」につながるのか相変わらずわからなかったが、しかし幼いころの日々を思い出すと、史恵の言ったことも、麻里の言うことも、わかるような気がするのだった。さらに、今まで交際した女性たち――自分から好意を持って近づいてきた女たち――が、なぜある期間を過ぎると例外なく去っていったのかも、わかるような気がした。なぜ、自分には関係を持続させる力が欠如しているのかすらも。

泰子ちゃん、と呼ぼうとして、はたと我に返り、あわてて「麻里」と発語する。泰子ちゃん、どうしてるかな。そんなことを考えていたせいで、なかなか性器はかたくならなかった。

そもそも母親が生活のできない女だったと智は思う。とはいえ、ある程度の年齢になるまではその暮らししか知らなかったから、それがごくふつうの生活だと智は思っていた。智に父親はいなかった。母、東原直子《なおこ》にも父親がだれであるのかはわからないのではないかと智は思っている。直子は男がいないと精神的にも経済的にも生きられないような女だった。直子に定職はなく、智がものごころついてからは、パチンコ屋やスナックでアルバイトをしていたが、最初の給料をもらうより先にそこで恋人ができた。

直子にはある能力――たぶん生活能力というものだろうと大人になった智は思う――が徹底的に欠落していたが、べつの能力は異様に発達していた。人に好かれる能力、もしくは運を引き寄せる能力である。住処《すみか》がなければだれかが提供してくれる。働かなければならなくなるとだれかが智を預かってくれる。暮らし向きが苦しければだれかが養ってくれる。母親とともに智は見知らぬおばさんの一軒家で暮らしたこともあれば、恋人が用意してくれたらしいこぎれいなマンションで暮らしたこともある。直子にはどうやら、人が救いの手をさしのべずにいられないようなところがあるらしい。路頭に迷っていると必ずだれかが直子を、智込みで拾ってくれるのだった。その両方の能力の、欠落と過剰は、分かちがたく結びついていると今なら智にもわかる。決まってだれかが助けてくれるから、直子はひとりで立つことを覚えなかったのだ。過剰が欠落を作ったのだ。

欠落といえば、直子もまた、関係を持続させることのできない女だった。だれかに拾われ、善意や好意を受けていると、ふいにそれを投げ出してしまう。そこに落ち着くということがなかった。たとえばこぎれいなマンションには一年も住まなかった。ある日急に身のまわりのものだけまとめ、智の手を引き、別の町に引っ越した。そんなことのくり返しだった。いや、今もそうなのである。六十歳を過ぎた直子は今、五歳年上の男と暮らしている。一年半ほど前に、妻を亡くしたひとり暮らしのその男に拾われたのだ。

今年の正月、智は埼玉に住むその男、宗田《そうだ》さんの家を訪ねた。直子は、男に買い与えられたのだろう妙にロマンチックなワンピースを着せられ、馬鹿でかいネックレスとイヤリングをつけさせられ、男の家の居間におとなしく座っていた。食事の支度はみな男がやっていた。食卓に出来合いのお節《せち》と、男が作ったらしい煮染《にし》めが並び、三人で酒を飲みながらそれを食べた。「智くん安心してよ」と白髪の宗田さんは笑顔で言った。「ワタシ、この人のこと引き受けるから。籍も入れるつもりだから。ちゃんとするから、きみは安心して仕事しなさい」直子は背を丸めて酒ばかり飲み、うかがうような目で宗田さんと智を交互に見ていた。こいつ、てめえの介護を直子にさせようというハラだな、と思いはしたが、それでも智は少しばかり安心した。これから老いていく母の居場所があることに。帰るとき、母をよろしくお願いしますと殊勝に頭を下げたのだ。
でも、と智は思う。あのおっさんがいくら直子と結婚するつもりでも、直子はもうじきふらりとあの家を出ていくだろう。雨をしのげる屋根も、あたたかい布団も、男の好意も愛情も、老後の安心も、ぜんぶ置いて出ていくのだろう。どうしてなのかわからない。けれど今までずっとそうだったし、これからもそうだろうことは智にはわかる。直子はそのようにしかできないということがわかる。

泰子ちゃんは、智が小学校に上がったばかりのころ、いっときいっしょに暮らした女の子だ。智の記憶が正しければ、それ以前、直子と智は横浜市のアパートに住んでいた。風呂のない、トイレも共同のちいさくみすぼらしいアパートだった。直子は夜にスナック勤めをしていて、その時間、智は階下の山根さんというひとり暮らしのおばあさんに預けられた。子どもならいくらでも預かる、と山根さんから申し出たのだと、いつか直子に聞いたことがある。直子は寝ている智を深夜に迎えにきて、智は目覚めると自分のアパートの自分の布団で寝ているのだったが、ときおり直子が迎えにこない日もあった。今思えば、そのときの恋人とどこかに泊まっていたのだろう。迎えにこなくても山根さんは直子に文句など言わなかった。山根さんは智を寝かしつけるとき、皺の多い乾燥した手で智の全身を撫でさすった。智は山根さんのにおい、かびくさいような線香くさいようなにおいがどうしても好きになれなかったが、その手の感触は好きだった。撫でまわされると全身が粟立ったようになり、いつだってうっとりと眠たくなった。

アパートから歩いて五分ほどの公立小学校に入学したと思ったら、すぐに引っ越すことになった。その理由をいつもの通り直子は説明しなかったけれど、やっぱり男の関係だろうと智は思う。引っ越し先は茨城だった。出張にきていた茨城の男と恋仲になったのか、あるいは恋人が茨城に転勤になったのかもしれない。

引っ越し先は似たようなアパートだった。けれど夏休みより先に、また引っ越しがあった。アパートからほど近い、平屋の一戸建てに直子と智は引っ越した。その家には、背の高い男と、智と同い年の女の子が住んでいた。辻井さんというその男の人は母の恋人で、泰子ちゃんという女の子は辻井さんの娘だった。直子との交際がばれたのが原因で、辻井さんの妻は家を出たのだった。辻井さんひとりでは泰子ちゃんの面倒も見られないし、ならばいっしょに住んで直子に智ともども泰子ちゃんの面倒も見てもらおうと辻井さんは考えたのかもしれない。その家に住んでいるあいだ直子は働いていなかったから。

とはいえ、そういういろんな事情を智が知る、もしくは推測するのはもっとずっとあとになってからで、そのころは何も考えていなかった。幼い智は、ものごころついてから引っ越しばかりしてきたからか、自分を取りまくものごとに疑問を抱くということがなかった。引っ越しが決まればおとなしくそれに従ったし（山根さんの手のひらと別れるのはさみしかったが）、直子が男を連れてきて「この人お友だち」と紹介すれば「こんにちは」と挨拶をし、それがだれであるのか、母親とどこで出会ってどういう関係なのか、自分の父親になる可能性はあるのかなどとは、考えたりはしなかった。

だから、引っ越した先にすでに住人がおり、まったく知らない男と、同い年の女の子と、四人暮らしになったことについてもとくに何も思わなかった。「人が増えた」と、思っただけである。それから、母親がいつも家にいることがうれしかった。

直子と暮らした十七歳までのうち、いや、もしかしたら三十四年間のうちで、この時期がもっとも智はたのしかった。

直子は子どもに何々をしろ、何々をするなと言うことがなかった。だから学校にいきたくなければ休んで遊んでいればよかったし、風呂に入りたくなければ入らなくてよかったし、眠ければいつでもどこでも眠ればよかった。直子はいつもテレビを見ているか、雑誌を見ているか、酒を飲んでいるかで、家事をしなかった。食事はほとんど駄菓子だった。智は泰子ちゃんと子犬のようにじゃれ合って遊んだ。体じゅうを撫でさすると気持ちよく眠れることを泰子ちゃんに教え、素っ裸で布団に入り、たがいの体を撫でさすり合った。素っ裸で家のなかを走っていても直子は怒らなかった。最初のうち、辻井さんは夜になると帰ってきて、智と泰子ちゃんが裸ん坊でいると怒ったり無理矢理服を着せたりした。風呂に入れとも言ったし、家のなかがとっちらかっていることや、夕飯が菓子パンであることにたいして直子を叱りつけたりもしていた。智はだから辻井さんがあまり好きではなかった。真っ白なシャツに残った、醤油の染みみたいだと思っていた。そのうち辻井さんはあまり帰ってこなくなった。辻井さんのかわりに、知らない男が家にくることもあった。知らない男は智と泰子ちゃんが裸で転げまわっていても、直子と同じく何も言わなかった。

そんな暮らしは一年くらい続いた。見知らぬおばさんが直子を訪ねてきて、その直後、また引っ越しをすることになった。てっきり泰子ちゃんもいっしょに引っ越すのだと思っていた智は、またもや直子と二人だけの引っ越しだと知って、このときばかりは抵抗した。はじめての抵抗だった。いやだ、いやだ、いやだ、引っ越したくない、ここにいたい、と泣いて直子にすがった。泰子ちゃんもおんなじように泣いた。私もいく、私もいく、ねえおばちゃん私も連れていって、と言って。

けれど直子は泰子ちゃんを置いて引っ越した。引っ越し先は九州だった。熊本の、私鉄沿線のちいさな町だった。横浜よりはましな、つまり風呂もトイレも部屋にあるアパートで、直子と智は暮らしはじめた。茨城にいたとき、ほとんど学校をさぼっていたせいで、智は読み書きも足し算もできなかった。授業が終わると智だけ残され、補習授業を受けた。女の子たちは智に親切だった。けれど智は泰子ちゃんが恋しかった。字が書けるようになると、智は泰子ちゃんに手紙を書いた。学校のこと、家のまわりのこと、会いたいと思っていること。けれど出すことはなかった。書いては破って捨て、書いては破って捨てた。

直子はまたスナックで働きはじめ、しかしこのころは智はだれにも預けられることなく、パンやカップラーメンや菓子や、買い置きしてあるものを食べてひとりで眠った。眠るときはいつでも、泰子ちゃんの手で全身を撫でられることを夢想した。ちいさな、湿った手のひらで。

史恵がこわい、と言ったのは、たぶんああいう暮らしのことだろうと、ラブホテルからの帰り道、ようやく智は理解した。

その後の直子との暮らしも、めちゃくちゃさでいえば似たようなものではあった。熊本の次は新潟に引っ越した。泊まるところがなかったのか、ストーブのある駅の待合室で夜が明けるのを見ていたのを智は覚えている。知らないおじさんが立ち食い蕎麦をおごってくれたことも。その後、声をかけてきた男の家にしばらく泊まったことも。それからこぎれいなマンションに引っ越した。そこでは二人暮らしで、直子はときどき外泊した。新潟の次は千葉だ。智は海沿いの町で中学生になった。千葉では、見知らぬおばさんの家に住んだ。やけに大きな家で、いろんな人が出入りしていた。身寄りのない老人や、ホームレスふうの男や、独り身の中年女が、ほとんど共同生活のようにしてごちゃごちゃと暮らしていた。ここには長く住んだ。智が中学を卒業するまで引っ越しはなかった。中学卒業とともに、千葉の内陸に移った。二間あるアパートで暮らしていたが、高校二年のとき、直子はふらりと家を出た。一ヵ月後に電話があり、福井にいるけど、あんた、くる？ と訊かれた。ひとりで暮らすことができたので、いかない、と智は答えた。遅れることはあったが、家賃と生活費は毎月書留で送られてきた。高校を出て、智は東京に移り住んだ。高校卒業後の智に、直子はもう仕送りをしなかったから、アルバイトで生活費を稼いで暮らしてきた。

決まり切ったことをくり返すことが生活であるのならば、あれはたしかに生活ではなかったのだろうし、そういう暮らしは自分の内に深く根づいているはずだと智は考える。そして何より、泰子ちゃんと暮らしたあの日々を、どこかで追い求めていたりするのだろう。そのことを史恵は、こわい、あなたは生活ができない、と表現したのだと智は考える。あのとき幼い自分は、辻井さんを醬油の染みと思ったが、辻井さんにとってみれば、いや、世間一般にしてみたら、自分と直子の母子《はは こ》こそ、白いシャツについた醬油の染みのような存在だったのだろう。史恵は自分の暮らしに醬油の染みをつけたくなかったのだ。

ほかの乗客たちとともに最寄り駅で降り、改札をくぐり、駅から徒歩七分のアパートに向かって智は歩く。途中、コンビニエンスストアに寄り、ビールとポテトチップスをかごに入れ、レジに向かう途中でふと足を止めてかごの中身を見、ポテトチップスを元に戻し、焼きそばパンを入れる。髪を金色に染めたレジの女の子が「ポイントカードはお持ちですか」と、智の顔を見ずに訊く。

「ううん、持ってない」と答えながら、泰子ちゃん、元気かなと智は思う。金を払い、渡されたレシートをそれ専用のゴミ箱に捨て、外に出る。一週間前はまだ窓を開けて寝ていたような気がするのに、急に空気がひんやりと感じられる。シャツ一枚ではさすがに寒かった。

泰子ちゃんに会いにいってみようかな。夜道を歩きながら唐突に智は思う。前を歩いていた女が通り沿いのアパートに入っていく。会いにいくのはあまり現実的なことには思えなかった。小学校一年で別れて以来、連絡もとっていないのだ。しかも智は、あのころ住んでいた平屋の一軒家が、茨城にあったということは知っているが、なんという町だったのか記憶していない。直子に訊けばわかるだろうが、自分と同じく三十代半ばになった泰子ちゃんが、今もまだその町に住んでいるかもわからない。他県の男に嫁いだかもしれないし、東京で自分のようにひとり暮らしをしているかもしれない。会いたいと思って会える可能性なんてずいぶんと低い。

けれどなぜか、アパートの階段を上がり鍵穴に鍵をさしこむころには、その現実的ではないことが実現可能であるように智には思えてきた。泰子ちゃんに会いたい。胸の内で智は言葉にしてみる。文字を書けるようになったとき幾度も書き綴った一言。いともたやすくその願いは叶えられるような気がした。

自分が引っ越したあと、どうなったのか。辻井さんと二人で暮らしたのか、それとも直子と別れたことによって辻井さんの妻は戻ってきたのか。自分と同じくほとんど学校にいかなかった泰子ちゃんは、無事二年生に進級できたのか。どんなふうに成長したのか。どんなふうな中学生で、どんなふうな高校生だったのか。どんな男と交際し、どんな未来を夢見てきたのか。今、どんなふうに暮らしているのか。直子と自分とともに暮らした短い日々を思い出すことはあるのか。

泰子ちゃんに会おうと思えば会える。根拠なくそう思ってしまうと、訊きたいことが次々と思い浮かんだ。泰子ちゃんに向けるべきひとつひとつの言葉を反芻しながら智はビールを飲み、焼きそばパンを食べた。いや、何ひとつ訊かなくたっていいようにも思えた。ただ、智は見てみたかった。大人になった泰子ちゃんを。あのめちゃくちゃな日々がたしかにあって、あの女の子が空想ではなく実在していたと、見ることによって確認したかった。

焼きそばパンを食べ終えて、まだ九時を過ぎたばかりであることを確認してから、直子が宗田さんと暮らす家に電話をかけた。呼び出し音を聞いていると、もしかして直子はもうあの家を出ていってしまったかもしれないという予感がわきあがってくる。

「はい、宗田です」六回の呼び出し音のあと、男の声がする。

「あ、おれ、東原ですけど、東原智ですけど、あの、母はいますか」いや、それがね智くん、という、困ったような宗田さんの返答を智は想像する。いてくれ、いてくれ、と気がつけば祈るように思っている。

「ああ、智くん、元気かい」間延びした宗田さんの声の向こうで、テレビの音声が聞こえる。智は携帯電話を耳に押しあてて、その雑音に直子の気配をさがす。いてくれ、いてくれ。

「まあ、元気です」

「急に冷えこんできたよなあ。仕事はどうだい、順調かい」なんのつもりで直子にかわらないのだろうと、智はいらいらと考え、

「あのー、母って、まだそこにいますか」我慢しきれず、訊いた。

「ああ、ちょっと待っててね。おーい、おーいナオさーん」受話器を手で押さえずに叫んでいるらしく、馬鹿でかい声が智の耳に届く。ほっとする。ごそごそした雑音のあと、

「なあに」直子の声がする。酒を飲んでいるのだろう、声に湿り気があるが、智は再度、ほっとする。直子がまだ逃げ出していないことに。

「あのさ、辻井さんて覚えてる？」

「だあれ、それ」

「ほら、茨城で、いっときいっしょに暮らしたろう、泰子ちゃんって女の子と四人で。九州の前、横浜のあとだよ」

「あんたって、記憶力がいいんだねえ、成績はずうっと悪かったのに、そういう記憶力だ

けはいいのが不思議だよね」直子の声の背後では、テレビの音声に茶碗のぶつかる音が混じる。宗田さんが夕食の片づけをしているのだろう。

「思い出した？　辻井さん。その人の連絡先とか、住所でもいいんだけど、わかんないかな」

辻井さん、とちいさくつぶやく声が聞こえ、直子は黙る。テレビはお笑い番組を映しているらしい。笑い声がひっきりなしに聞こえてくる。

「カツタだったかな、海の近かったところだよね」

家のなかにばかりいたせいで、あの町に海があったのかどうかさえ智は覚えていないが、

「カツタ？　それ、町の名前？」散らばった雑誌を引き寄せ、ペンをさがしながら智は訊く。

「うーん、ねえ、またあとでかけてい―い？　今、わかんないから」

「あとでならわかるの？」

「住所録に書いてあると思うけど、その住所録がねえ……どこへいったやら」

直子が住所録なんて持っているのだろうかといぶかりつつ、

「今日じゃなくてもいいから、わかったら連絡してよ。おれの携帯番号、知ってるっけ」

あーん、と妙な声を直子は出し、「知ってると思うよ」と答える。「と思う」という直子の言葉は信用ならないことを知っているので、智はメモを用意させ、携帯電話の番号を三度くり返して電話を切った。

今日は直子から電話がくることはないだろうと思いながらも、シャワーを浴びるときは脱衣所に、眠るときは枕元に携帯電話を置いた。それでもなかなか寝つけなかった。十二時を過ぎてまどろみはじめたころ、智は泰子ちゃんの手のひらの感触を久しぶりに思い出した。子どものころのままの、あのちいさな、なまあたたかい手のひらが、智の全身をそうっと撫で上げる。十四歳のとき、三歳年上の高校生と智ははじめて性交をしたのだが、射精の瞬間、やっぱりその手のひらを思い浮かべていたことを、寝入りばな、智は唐突に思い出す。

次の日もその次の日も直子から連絡はこず、智はいらいらと日を過ごした。所持金が少なくなってきたので、週払いで給料の出る引っ越し屋のアルバイトをはじめ、労働時間帯もつねに携帯電話をユニフォームの尻ポケットに入れていた。それが振動するたび智は先輩アルバイトや社員の目を盗んで発信元を確認したが、鈴子だったり麻里だったり、前の週に携帯番号を訊かれたコーヒーショップの女の子からだったりした。

一週間たっても直子から連絡はこず、給料をもらったその日、智は自分から電話をかけた。またしても宗田さんといらいらさせられる会話（仕事はどうかい、暮れにはこっちにきたらどうだ、ちゃんと食べてるかい）をしたのち、直子が電話に出た。

「わかった？」と訊くと、

「何があ?」とまたへんに艶っぽい声で訊く。

「何がって、こないだ電話で頼んだろ、辻井さんの連絡先だよ」

「辻井さんって?」

　直子のこういうところに智は慣れていた。だからほら、茨城の、と前回と同じ説明をひと通りさせられる苛立ちにも、慣れている。また携帯番号を三回くり返して電話を切ることになるのか、結局泰子ちゃんには会えないままなのかと思いはじめたとき、

「ああ、わかったよ、待っててえ」直子は語尾を伸ばして言い、がごんと音をたてて受話器を置いた。携帯電話から、住まいの様子が漏れ聞こえてくる。テレビの音、水道の音、遠く聞こえる二人の会話。

「お待たせえ」電話口に戻ってきた直子は、こともなげに住所を読み上げ、電話番号まで告げた。

「ちゃんと残ってたんだ、連絡先」雑誌の余白に書いたメモを見ながら智は言う。

「うん、住所録に」と直子は言う。からんと氷がグラスにぶつかるような音がする。

　住所録ってアドレス帳のようなものだろうかと智は考える。そして直子が持ち歩いていた、古びたボストンバッグを思い浮かべる。引っ越しをする際の直子の荷物はいつもそれひとつだった。もともとはえんじ色か赤の革鞄だったと思うが、表面に皺が寄り、ひび割れ、色あせて黒ずんだおんぼろのボストンバッグ。なかには必要最低限のものしか入って

いなかったはずだ。財布と一、二枚の下着と、手ぬぐいと化粧ポーチ。自分の服も、智の服も、二人で使っていた安っぽい茶碗もだれかからもらった布団も、引っ越す際に直子はみな置いていくか処分するかしてしまい、新しい場所でまたそれらを手に入れた。何ひとつ持続して所有することのなかった年月のなかで、そのボストンバッグだけはいつも直子とともにあった。あのなかにアドレス帳が入っていたのだろうか。幼いころにのぞいたことのあるボストンバッグのなかを思い返してみるが、ノートの類を見た記憶は智にはない。けれど実際直子が辻井さんの住所を読み上げるのだから、それはあるのだろう。そこには、今まで住んだ場所や関わり合った男の名が書かれているのだろうか。

「もういい？　電話、切るけど」

直子の声に我に返り、ああ、ありがとう、と智は言って通話終了のボタンを押す。書き殴った自分の文字と数字を見、まだ手のなかにある携帯電話の数字ボタンを押していく。四番目の数字を押すころに急にどきどきしだし、最後の数字を押し終えたときは心臓が喉元までせり上がってきたように感じた。しかしぷつぷつという音のあとに聞こえてきたのは、この番号は現在使われておりませんというアナウンスの声だった。それでも智は落胆しなかった。書き殴った住所を見ていると、あの薄暗くごたついた一軒家が思い出された。そこに泰子ちゃんはいるのだという、さほど根拠がないわりに強い確信が智にはあった。

次の週から智は引っ越し屋のアルバイトにはいかなくなった。一週間分の給料を持って上野駅に向かった。上野からスーパーひたちに一時間強乗れば、あの町にたどり着けるはずだった。漫画喫茶のパソコンで調べたところ、勝田市は今、ひたちなか市と名前をかえていた。それでも勝田という駅名は残っている。

電車は空《す》いていて、乗っているのはほとんどがスーツ姿の男だった。窓際の座席で智はビールを飲み、ミックスナッツを囓る。おもては晴れていて、空には薄く鱗雲が浮かんでいた。窓の外には高い建物が消え、かわりにのっぺりとした田畑と平べったい空が広がる。かつて住んでいた町に向かっているのではなく、時間を逆行して、かつての日々そのものに向かっている気が智はした。今から自分は泰子ちゃんに会いにいくのだという明確な意志が智にはあったけれど、思い描く泰子ちゃんはまだ幼いままだった。三十四歳になった泰子ちゃんが太っているのか痩せているのか、美人なのかそうでないのか、まったく想像がつかなかった。ただ、向かい合えば、泰子ちゃんがどんな女であろうとも、その姿のなかに幼い泰子ちゃんを見るだろうという予感があった。鼻に皺を寄せて笑う泰子ちゃん。前歯が小動物みたいに大きい泰子ちゃん。目が丸く、ふっくらした頬にぺこりとえくぼができる泰子ちゃん。歯を磨かないせいで、いつもくさい息を吐いていた泰子ちゃん。泰子ちゃんに会えることを、智は露ほども疑っていなかった。

昼より少し前に駅に着いた。交番で住所を確認し、歩くと三十分以上かかると言われたが、智は交番を出ると教えられた方向にぶらぶら歩き出した。東京より広い空が頭上に広がっている。ちいさな商店、病院、民家が続く。歩いていれば、記憶があぶり絵のように浮かび上がってくるだろうと思っていたが、歩いても歩いても、記憶と合致する光景はなかった。そもそもずっと家のなかにいたんだしな、と智は思う。この町に住んでいたときは、外の世界があるなんて思いもしなかった。

車は走っているが、智以外、歩いている人はだれもいない。陽射しが景色を平坦に見せている。見覚えのまるでない道を歩いている智から、現実味がだんだん剝がれ落ちていく。夢のなかで、意志とは関係なく歩いているように思えてくる。

母親との二人暮らしがどうやらふつうの家族とは異なっているらしいと智が気づいたのは、小学校の高学年になってからだった。千葉に引っ越したころだ。クラスメイトたちはみな、幼稚園からずっといっしょに成長していた。それぞれの家族構成も把握しており、「山本のかあちゃんはこわい」といったような共通認識も持っていた。クラスメイトたち、いや、クラスも学年も超えて子どもたちが「一丸」となっているように智には感じられ、それは異様なことに思えたのだが、彼らにとって自分こそが異質であるのだとじょじょにわかった。

このクラスでも智は女の子に親切にされた。「ここにくる前はどこにいたの？」と休み時間、智を取りまいて女の子たちは訊いた。「新潟」と答えると、「新潟ってどんなところ」と訊く。智は答えられなかった。住んでいたのは短期間なのだし、住まいと学校を結ぶ国道沿いの道は覚えているが、それが新潟というわけでもないだろう。「生まれたのも新潟？」答えないでいると次の質問がきた。「新潟の前は九州」智が答えると、歓声があがった。「その前は？」みんなが口々に訊いた。「その前は茨城」いったいどこまで遡《さかのぼ》らされるんだろうと不安を覚えながら智は答えた。すごい、すごーい、いろんなところにいってるんだね、と女の子たちは蛍光色みたいな声で言い合った。

「もしかして東原くんって旅役者？」と訊いた女の子がいた。旅役者が何かわからないま、面倒なので「うん、そうだよ」と智は答えた。そんなふうにてんでんばらばらな土地を引っ越してきた子どもはめったにいないのだろう、その「旅役者」という特殊な人々くらいなのだろうと智はこのとき漠然と理解した。ひとりの女の子がノートを持ってきて智の机に広げて置いた。

「ねえ、サインして」

智は言われるまま、東原智と署名した。すると次々と女の子たちがノートを持ってきた。そのせいで、智はしばらくのあいだ、男子勢からは疎《うと》んじられることになる。「嘘つきやろう」と彼らは智を呼んだ。男子から疎んじられても智は落ちこみもせず、めげることもなかった。男子が彼に冷たくすればするほど、女子はやさしくしてくれた。女子にやさしくされるほうが心やすかった。彼女たちは休み時間、智を話にまぜてくれ、放課後には家に招いてくれた。招かれた家は新しかったり古かったり、広かったり狭かったりと子どもによっていろいろだったが、けれど例外なく、智が今まで住んできた場所とは異なった。そこには蓄積された時間があった。持続して所有されているものだけがあった。

　母親が留守の家では、女の子がちいさな母親のように、戸棚からお菓子を、冷蔵庫からジュースを用意してくれた。母親が在宅している家ではその母親が、まだあたたかいクッキーといいにおいのする紅茶を持ってきてくれた。そうして智は、ああ、こういうのがふつうなんだなあと知ったのである。明日あさって急に引っ越すなんてことはできない家に、みんな住んでいるんだなあ。うらやましいとは思わなかった。ただ数として、自分のような暮らしと、ほかの子どもたちのそれを比べれば、自分以外の子どもたちの暮らしのほうが、圧倒的に多かった。つまり急に引っ越さず、急に知らない人と暮らさないような生活。より多いほうのことを「ふつう」と言うのだということを、そのとき学んだ。

　智が旅役者でないことはすぐにばれるのだが、しかし女子連から嘘つきやろう呼ばわりされることはなかった。彼女たちの質問にたいする智の率直な答えによって（おとうさん？　いないよ、顔も見たことない。きょうだい？　いない。家族はおかあさんだけ。今？　今はおかあさんが知り合ったおばさんの家に住まわせてもらってる。等々）、智は「かわいそうな子」と思われたようだった。かわいそうと思われることは愛されることと同義らしいと、それもまた智は感覚的に学んだ。

　六年生の夏休みが終わるころには、男子たちもかわいそうな智を受け入れるようになった。学校帰りに駄菓子屋でおでんをともに食べるような仲のいい友人もできた。女の子の家でクッキーを食べることのほうが智は好きだったけれど。いや、本当は、真っ裸で全身を撫でたり撫でられたりして過ごしていることのほうが好きだったけれど、もちろんだれも、そんなことはしてくれなかった。そういうことをしてはいけないのだと、これもまた、千葉で智が学んだことのひとつだった。

相変わらず景色にまったく見覚えはなく、交番で教わった道順もわからなくなってしまったのだが、勘を頼りに歩くうち、メモの番地にじょじょに近づいた。古ぼけた団地があり、それを過ぎて歩き、真新しい家に挟まれるようにして立つ平屋建てを見つけたとき、ようやく智のなかで記憶と目の前の景色がつながった。幻かと思うほど、その家は記憶と寸分変わりがなかった。薄汚れたコンクリートのブロック塀、家のまわりにまばらに植えられた木、赤いトタンの屋根、いかにも薄っぺらそうな玄関の戸。あ、と思った瞬間智は走り出した。黒くざらざらした柵の門を開け、玄関の前に立ち、表札をさがすが、見あたらない。表札が以前あったのかどうかは思い出せない。インターホンもないのでドアを叩く。続けざまに叩く。けれどドアは開かない。智はドアに耳をつける。何も聞こえない。だれもいないのだとわかってもドアを叩き続け、しばらく叩いていたがそのことの馬鹿馬鹿しさにはたと気づき、叩くのをやめて家の裏にまわってみた。庭とも呼べない狭い空間には雑草が生い茂っている。ガラス戸の向こうにはカーテンが閉まっており、部屋の様子は見えないが、けれどガラス戸の下に女物のサンダルが、脱ぎ捨てられたように置いてある。それからゴミ袋。今では懐かしい感じすらする黒いビニールのゴミ袋が三つ、放置してある。中身の入っていない汚れたペットボトルが二個、転がっている。それが泰子ちゃんかどうかはわからないが、とにかくだれかがここに住んでいるのだと思っただけで智は安心した。

玄関先で待っていればいつかそのだれかは帰ってくるのだろうと、智は門の内側でしゃがみこみ煙草に火をつけたが、一本吸い終える前に、ここに住んでいるだれかが泰子ちゃんかどうかじりじりと知りたくなって、煙草を揉み消し、両隣の新しい家ではなく、向かいの古びた二階建てに向かう。この家の記憶がまったくないのは、意識しなかったからだろうか、それともこの二十数年のうちに建ったからだろうかと思いつつ、インターホンを押す。

はい、と若くはない声が応える。

「あのー、ぼく、向かいに住んでた辻井泰子ちゃんの幼なじみなんですけど、泰子ちゃんってまだあの家に住んでますか？」一気に智は言う。

無数に穴の開いたインターホンから返答はない。

「あのー、いや、ぼく、昔この町に住んでて、家族ぐるみで辻井さんとは仲良くしてもらっていて、それであのー、母が亡くなったもので、亡くなる前に泰子ちゃんに会いたいって言ってたもんで、そのこと伝えたくて記憶を頼りにきたんですけど、東京から」

インターホンは相変わらず無音なので、べつの嘘にすればよかったかなと智は思いはじめたが、しかし玄関わきの小窓が開いて、パンチパーマのような髪型の中年女性が顔をのぞかせた。

「お向かい、辻井さんですよ」眉間に皺を寄せた、でも不愉快でそうしているわけではない表情で女性は言う。「辻井さんならこの時間、スーパーアキダイにいますよ」

「え、スーパー」

「ほら郵便局の先の、スーパーマーケットですよ」

「わかりました、ありがとうございます」智は深く頭を下げる。

「おかあさん、気の毒だったわね」と、女性はまるで智の母親を知っているように言うので、もしかして自分たち母子がここに住んでいたことを覚えているのかと思いつつ智は顔を上げ、女性の顔をよくよく見るが、やはり見覚えはない。

「すみません、ありがとうございました」ともう一度くり返すと、不覚にも涙が出そうになった。

「早くいって知らせてあげなさいな」女性は言って窓を閉める。智は門に背を向け走り出し、しかし郵便局がどこにあるのか皆目わからないことに気づくが、走り出した足は止まらずさらに速度を上げ、晴天の下をほぼ全速力で走りながら、だれかとすれ違ったときに訊けばいいやと思う。だれともすれ違わなければ走っている車を止めて訊けばいい。

走りながら智は、今し方見たばかりの、ガラス戸の内側で閉められたカーテンや、違う方向を向いたサンダルや、丸く膨らんだゴミ袋や、ペットボトルの空き容器や、ざらついた玄関の門を思い出す。はたして泰子ちゃんは生活をしているのだろうかと考える。食べて、寝て、掃除して、そのくり返しをきちんとこなしているのだろうかと。

東原智という名も存在も、辻井泰子は忘れていたわけではなかった。中学生のころは毎日のように、智と、智の母親のことを考えていた。あの二人がこの家にやってこなかったらどうなっていたのだろうか、というようなことだ。そのうちだんだん、思い出す頻度は減った。けれど完全に忘れ去ったわけではない。ときおり、なくしたとばかり思っていた靴下を簞笥《たんす》の引き出しの奥に見つけるように、そういえば東原智っていたな、などと、思い出すのであった。

従業員出入り口のわきの喫煙所で、しゃがみこんで煙草を吸っていた男に呼び止められたとき、泰子はそれがだれだかまったくわからなかった。おれ、智、東原智、と名乗られても、記憶と目の前の男はなかなか結びつかなかった。

ああ。

ようやくあのちいさな男の子と、東原智という名前と、ちゃらけたような風情の男がぴたりと重なり合ったとき、もしこの男がほんものの東原智ならば、ああ、ついに不幸が私をつかまえにきた、と咄嗟《とっさ》に泰子は思った。不幸の具体的内訳まで思い浮かんだわけではない。ただ、そこにいる東原智は、正義の味方とか救世主というよりは、疫病神や死に神めいて思えた。死に神、というのは泰子にも、ずいぶん大げさに思えたのだが。

「どうも」ちいさく挨拶して、そこに突っ立って泰子は智を見た。偽者かもしれないと思ってもみたが、偽者があらわれる理由がない。きっとほんものなのだろう。成長したほんものの智を見て、あのころのことを覚えてはいたものの、智の顔はまるきり忘れていたことに、泰子は気づいた。では今まで、ときおり思い出していた顔は、だれのものだったのだろう、と不思議に思う。

智は何も言わない。従業員が数人扉から出てきて、「泰子ちゃん、お疲れー」「お先にー」と声をかけて去っていく。自分から言い出す言葉も思いつかず、見つめ合っているのもへんなので、泰子は智に軽く会釈して、自転車置き場に向かうべく歩き出した。

「やだな、なんで無視すんの」智はすぐに追いかけてきた。背後にぴたりと寄り添って言う。

「無視してないですよ、挨拶したでしょう」

「うわ、無愛想、無愛想だな泰子ちゃん」背後からはしゃいだような声が聞こえ、この男、きっともてるだろうなと泰子は思った。

「用があるんですか、それでわざわざきたんですか」速度をゆるめず泰子は訊く。

「ううん、ただ会いたくって。本当はさ、ずっと会いたいって思ってたんだよ、本当に。でも連絡先とかわかんなかったし」

「それで、わかったから？」自転車置き場に着いてしまう。そこにいる数人の従業員に会釈をし、泰子は自分の自転車の鍵をはずす。「今ごろわかったんだ？」

「そうそう、そうなんだ。それで矢も盾もたまらなくなって、ぴゅっときた」

「東京？」自転車を引っぱり出す。

「うん、東京。でも意外に近いよね、スーパーナントカに乗るとさ。あっ、ちょっとっ」

自転車にまたがりペダルを漕ぎはじめると、智は走って追いかけてきた。アキダイの裏門を出、路地から国道に出て、泰子はスピードをゆるめる。ようやく智が追いつき、それでも泰子は止まらず、智は伴走するように隣を走る。西日が国道沿いの店々の屋根を橙《だいだい》色に光らせている。

「ちょっと、せっかくきたんだから、どっかでお茶でも……いや、もう酒でも、の時間かな」

泰子は冷蔵庫の中身を思い浮かべる。豆腐が半丁、しなびたほうれん草が二分の一わ、卵が二、三個残っていたか。山信太郎《やましなたろう》がやってくるのは週末だから、週の後半にならないと冷蔵庫は満たされない。

「じゃあ、駅前で待ち合わせようよ。私そのままいってるから、バスかなんかに乗ってきたら。先についたら待っていてよ」

「え、そんな、携帯の番号も知らないのにはぐれたら会えないじゃん、二人乗りさせてよ、二人乗り。ああ、もう苦しくてだめ」

智はそこで立ち止まり、泰子が数十メートル進んでからふりかえると、背を丸め膝に手を当てる格好で、大きく肩を上下させている。ブレーキをかけ、自転車を止めて智を見ていた泰子は、自転車をUターンさせて智の元に戻った。乗っていいよ、と言うと、

「あーよかった、あーまじしんど」真顔で言いながら荷台にまたがり、まったく躊躇することなく両腕を泰子の腹にまわした。ああ、不幸に追いつかれた、という感想が、またしてもちらりと浮かぶ。それをふりはらうように泰子は必要以上の力をこめてペダルを踏みこむ。


どちらが先だったのか、子どもだった泰子は覚えていない。父と母が不仲になるのが先だったのか、それとも、あの女の人がやってくるのが先だったのか。いや、覚えていないのではなく、知らなかったのだろうと泰子は思いなおす。駅前にある安居酒屋のカウンターで、智と並んで座り、焼き鳥を焼く煙を吸いこみながら。

母が出ていったのが先か、あの女の人がやってきたのが先か、それは知っているはずだが、やっぱり覚えていない。母親がいなくなってからだと思うが、泰子には父と二人で暮

らした記憶がない。しかし母親とあの女の人がともに家にいるのを見た記憶もない。もしかして、母が出ていって間をおかず、あの女の人がやってきたのかもしれない。自分と同い年の男の子を連れて。

今、隣に座っている、ほとんど見知らぬといっていい男は、その後のことを聞きたがっている。自分たちが辻井家を出ていったその後のことだ。でも、その後のことを話すには、その前のことから話さなくてはならないと泰子は思う。そうすると途方もなく長い話になりそうだし、また、言う必要のないことまで言ってしまいそうで、なかなか話し出すことができず、泰子はカウンターに置かれた串を見下ろして酎ハイをすするように飲む。皿に八本のっていた焼き鳥のうち四本を智がすでに食べていた。智は食べ終えたあとの串を串入れに入れず、皿の隅に置いている。串に肉片が少しついている。

あの女の人と智が家にくるまで、辻井家ではごくふつうの暮らしが行われていた、と、泰子はぼんやり記憶している。ごくふつうの、というのはつまり、朝には母親が起こしにきて、家族三人で食卓について食事をし、父は会社へ、泰子は母に連れられて幼稚園にいき、午後に母が迎えにきて、夜には父が帰ってきて、また三人で食卓を囲むような暮らしだ。家のなかはこざっぱりとしており、母は料理が得意だったのか食事どきにはちゃぶ台にたくさんの皿が並んだ。日曜日には家族で公園や遊園地にいき、長い休みには母の実家にいった。山形だったか秋田だったか泰子は覚えていないが、そこでは祖母と母の兄夫婦が暮らしていて、女の子の姉妹がおり、泰子はその一家にずいぶんと歓迎された。そういう日々を、泰子はしあわせだともすばらしいとも思わなかった。最初からあったものだからだ。腕が二本あり指がそれぞれ五本ある、そのことにとくべつ感謝などしないのと同じに。

母がいなくなると、それらはすべて失われた。三人の朝食も、日曜の遊園地も、たくさんの料理も、長い休みのおばあちゃんちも。

ただそのとき、泰子は失われた暮らしをなつかしんだりふりかえったりするほど、大人でもなく、「ごくふつう」という概念も持っていなかった。自分に一言もなく母親がいなくなったのは非常にかなしいことだったが（今に至るまでそのことから真に立ちなおってはいないと泰子は思っている）、でも、新しい人たちとの暮らしは、幼い泰子にはたのしかった。そう、たのしかったのだ。

たのしかった、と認めるまでにずいぶん時間がかかった。その後の辻井家の顚末《てんまつ》は、すべて突如闖入《ちんにゅう》した母子のせいだと、泰子は長らく思っていたし、そう信じていたから。

でも実際のところ、自分はあの暮らしをたのしんだのだと泰子は思う。それが「かなりへん」であることも認めざるを得ない。だから自分が新しい暮らしを「たのしめた」理由を、泰子はずいぶんと考えたものだ。同い年の男の子がいたせいかもしれない、もともと人見知りしない子どもだったからかもしれない、もしかしたら自分には抜きん出た順応性があるのかもしれない。そのすべてかもしれない。ともかく、母親ではない人ときょうだいではない子どもとの暮らしには、すぐ慣れた。

朝起こされることもなかった。起きても食事はなかった。けれど食べたいものを食べても叱られなかった。チョコでもアイスクリームでも、クリープをスプーンで何杯食べたって叱られることはなかった。学校にいけとも言われなかった。着たい服を着ていてよかったし、着たくなければ裸でいたってよかった。テレビも見放題、昼寝もし放題。同い年の男の子と泰子は、ずいぶんたくさんの遊びを発明した。押し入れの上段から敷きっぱなしの布団の海に飛び降りるパラシュートごっこ。体を縮こまらせてトランクのなかに入って我慢する荷物ごっこ。小麦粉と牛乳を混ぜてひたすら練って団子を作るパン屋ごっこ。たがいの体を撫でさすって眠らせる催眠術ごっこ。男の子の母親は、子どもたちが何をしても叱らないかわり、いっしょに遊んでくれることはなかった。彼女が一日家で何をしているのか、泰子は知らなかった。母のように台所に立つこともなかった。一度、父と母の寝室の化粧台で、ずいぶん長いこと鏡と向き合っているのを見たことがあるが、まさか毎日そうしていたわけでもなかろう。

父の帰りはだんだん遅くなった。帰ってくると怒鳴り散らした。泰子と男の子に、それから男の子の母親に。あの「たのしかった」日々のなかで、唯一いやな記憶は父親の怒鳴り声だ。それまで父は間違っても声を荒らげることなどなかったのだ。母がいなくなって父は唯一知っている人であったのに、よりによって泰子は父を嫌った。大声を出す慣れ親しんだ男よりも、好き勝手させてくれるよく知らない女と、おもしろい遊びを次々と考案してくれる知らない男の子のほうが、泰子は好きだった。男の子の母親は、いっしょに遊んでくれることはなかったけれど、抱きついたりまとわりついたりしても、ふりはらわれることはなかった。女はやせっぽちに見えたけれど、腕に包まれればちゃんとやわらかくあたたかかった。おっぱいを触っても嫌がられなかったし、いっしょに眠ってと頼んでも断られなかった。

だから、二人がいなくなったときは心底かなしかった。もしかしたら母がいなくなったときよりずっと。そのかなしみの比重にも、のちのち泰子は言い訳を考えなければならなかった。だってへんだから。実の母親に捨てられるより、だれかよく知らない母子に置いていかれるほうがかなしかったなんて、あってはならないことだから。

たぶん母に置いていかれたときよりは成長もして、だれかがいなくなることがどういうことか、わかっていたのかもしれない。あるいは母にもう一度捨てられるような感覚を味わったのかもしれない。怒鳴る父親と二人で残されるのが心底こわかったからかもしれない。そんなふうな言い訳を、のちに泰子はいくつもこねくりまわさなければならなかった。

男の子とその母親はいなくなった。家は静まり返った。以前とも、そのまた以前とも違う暮らしがはじまった。元に戻る、ということは永遠にないのだと、その後、泰子はいやというほど知ることになる。はじまってしまったら、何ごとも元には戻らない。おそろしいことに、終わりに向けて進み続けるしかないのだ。

「いろいろすぎて、いっぺんに話すのは無理です」

自分たちのいなくなったあとのことをしつこく訊く智に言い、「熱燗ください」カウンターの内側に向かって言った。

「なんか食べたら？　ぜんぜん食べてないじゃん」智が言う。

「飲むとあんまり食べられないんです。これ、私のために残してあるなら食べて」

乾燥した焼き鳥が四本のった皿を指して泰子は言い、敬語とため口の混合の不自然さに気づき、どちらにすべきか一瞬迷う。迷うが、でも決められない。ため口をきくほど親しいようにはとても思えず、敬語で通すほど見知らぬ人にも思えない。

「じゃあさ、今のことを話してよ。今、何してるの、泰子ちゃん」

「今は、べつに、ふつうっていうか。父が亡くなってあの家に戻ってきて、スーパーでパートしてます。あなたがさっききた、スーパーアキダイで」

そこまで言って、泰子は口をつぐむ。その先を言うべきか言わないべきか、また迷う。言ってしまったら、記憶から突如抜け出してきたこの男に、未来をぶち壊されるような気がする。結局、そこで言葉を切ったまま熱燗に口をつけたのは、言わないと決めたからではなく、どちらとも決めかねたからにすぎない。

「そっか、あのおじさんは亡くなったんだ」とくに感慨もないように智はつぶやく。

「私はそんなところ。とくに話すようなこともない毎日です。あなたはどうなの。私にばかり訊かないで、そっちの話をしたら？　連絡先がわかったから訪ねてきたってあなた言ったけど、べつの理由もあるんでしょ？　何かあるから突然きたわけよね」

「うーん、何かっていうか、そうだなあ、おれもどこから話せばいいんだか」

と、冷め切っているであろう串に手をのばしながら智は言い、けれどそう言ったわりにはずいぶんなめらかに自分のことを話し出した。開店直後に入ったときにはほかの客はいなかったが、六時を過ぎてから次々と客がやってきて、テーブル席もカウンター席もほとんど埋まっている。店じゅうに響く酔客たちの笑い声や話し声のあいだから抜き取るように、泰子は智の話に耳をすませる。

めちゃくちゃだった。めちゃくちゃな話だった。自分たちの家に突然やってきて平気で居着いていたのだから、その後もあの母子がそういうことをくり返すだろうと想像できたはずだが、けれど泰子は「その後」の彼らについていっさい考えたことはなかった。あのあとも自分に毎日があったように、あの母子にも今へと続く毎日があったのだと泰子はふいに気づき、気が遠くなる。

「あなたが嘘をついているのじゃなければ」泰子は言った。「すごい生い立ちね」

まるで放浪者ではないか。自分も父親もどこかへんだったけれど、この母子ほどではない。そして泰子は、高校を卒業するまでくり返し考えていたことを、あらためて今一度、考えてみる。自分たち家族は、あの母子に会っていなければ、ぜんぜん違ったのではないか、ということだ。今考えるそれは、あのころと違って攻撃的なものでもなく、被害者意識でもない。ただ単純に不思議に思う。父と、母と、その他の幾人かと、自分の人生は、あの母子によってねじ曲げられたのだろうか。それとも。

おかわりと、幾品かのつまみを追加注文し、智は今現在について語りはじめる。女の人と長くつきあえないのだと智は言う。まともな暮らしができないような気がすると言う。そりゃあそうだろうと泰子は思う。だって私も、と言いたくなるのをこらえ、空いた徳利をふっておかわりの合図をする。

「それでさーあ、泰子ちゃんに会ってなんか話したくなったんだよ。おれ、ずっとこのまかなあ。きちんとした家庭も持てずに、ずっと根無し草みたいに漂うのかなあ」ずいぶんと甘えた口調で智は言う。

「ね、今日、泊めてくんない？　泊めてくれるならおれ、本腰入れて飲むしさ」

「なんか文章のつながりがおかしい」泰子は指摘したが、智は聞き流し、

「すみませーん、おれも熱燗お願いしまーす」了承してもいないのに、カウンターの内側に向かって叫んでいる。

たとえ何ごともなく早朝に智が帰っていくとしても泊めてはいけないと、泰子の全身の勘が告げていた。それればかりか、家に上げることすらだめだと。十分でも一分でも、ともかくこの男があの家に入れば、必ず何かが変わってしまう、あのときの私たち家族のように決定的に変わってしまう。それは泰子にとって予感ではなくほとんど確信だった。

なのに今、泰子は智を荷台に座らせ、自転車を漕いでいる。夜風が、たった今季節が冬に切り替わったように冷たい。さほど酔っているようには見えないのに、智はぐんなりと泰子の背にもたれかかっていて、背中だけがあたたかい。ねえ、なんにも食べてないんじゃない？　おなかすいたんじゃない？　泰子の背に片頬をくっつけたまま智がひっきりなしに訊くが、泰子は無視してペダルを漕いだ。

「そこの自転車！」いきなり拡声器越しに怒鳴られ、泰子は驚いてふりむいた。数十メートル後ろからパトカーが近づいてくる。「そこの自転車、二人乗りはやめなさい！　おりなさい！」

「やば、逃げよう」泰子は言ってスピードを上げるが、自動車から逃げ切るのは無理だと判断し、国道を逸れて暗い道をひた走る。パン工場を過ぎれば周囲は田畑になり、そのなかを走る未舗装の道ならば車は入ってこられまい。咄嗟に薄闇に浮かび上がる道を確認し、見当をつけてサドルから腰を上げ、猛スピードで立ち漕ぎをする。きゃはははは、と背中にはりついた智が幼い女の子みたいな笑い声をあげる。

「笑ってんじゃないよ！」思わず怒鳴ると、

「だって揺れる揺れる揺れるー、見て、泰子ちゃん、星きれーい」

泰子の腰に手をまわしたまま空を仰ぎ見ているらしく、自転車は少々重くなる。自転車、二人乗りは禁止ですよ！　自転車止まりなさい！　パトカーは執拗に追いかけてきて、泰子はなおもスピードを上げ、夜にぼうっと浮かび上がる工場の裏にまわりこむ。街灯のなくなった、田畑のなかを走る一本道を無我夢中で進み、あ、と思ったとたんよろけて自転車ごと倒れこんだ。キャーッ、という悲鳴をあげて智も未舗装の道に投げ出される。

「ちょっとちょっと何すんのー」

寝転がったまま智は非難の声をあげ、立ち上がった泰子は空を仰いで笑った。倒れた自転車のタイヤがしゅーしゅーと音をたててまわり続けている。一度笑うと、よく振った炭酸の栓を抜いたみたいに笑いがあふれた。背をのけぞらせ、両足で地面を打ちならすように足踏みし、泰子は笑い続けた。こんなふうだった、と思い出していた。毎日がこんなふうだった。自分が弾《はじ》けるあぶくになったみたいだった。

どのくらい、という時間の感覚が、その当時の泰子にはなかった。ともあれ、ともに暮らした母子は、突然きたのと同じように突然いなくなった。けれど、家のなかは元には戻らなかった。下着は脱衣所の引き出しにおさまり、食べものは冷蔵庫におさまり、布団は押し入れにおさまり、生ゴミは外のゴミバケツにおさまっている、ずっと以前の秩序は戻ってこなかった。泰子に戻ってきたのは学校生活だけだった。けれどそこだって元通りではなかった。以前仲のよかった子どもたちはもう仲よくしてくれず、勉強はほとんどわからず、下校チャイムが鳴るまで泰子は教師と向き合って居残り勉強をしなければならなかった。前はどんなふうな気持ちで学校に通っていたのだったか、泰子は思い出せなかった。

泰子が小学三年生に進級するころ、父が別の女の人を連れてきた。背の高い、手足の長い、ひょろりとした女の人だった。前に母子がやってきたときと同様、彼女に関して父からはなんの説明もなかった。父が口にしたのは彼女の名前だけだった。ハシヅメユキナさん、と父は言った。橋爪雪菜という字だと泰子が知るのはもう少しあとのことだ。けれどその名を泰子が口にすることはなかった。ひょろりさん、と心のなかでは呼んでいた。実際にそんなふうに呼びかけたことはない。そんなふうに呼んだら彼女にたいして失礼だということはわかっていたし、それに、そもそも呼びかける必要もあまり感じられないのだった。

ひょろりさんはあの母子のように家に居着いた。当然泰子は、またああいった興奮するような毎日がはじまるのかと思いこんでいたが、そうではなかった。ひょろりさんはあの男の子の母親のようではなかった。ちゃんとした人だった。朝は父より早く起きて朝食を作り、父を起こし泰子を起こした。食べものを残すとやんわりとたしなめられた。だめね、泰子ちゃんは。たしなめるとき必ずひょろりさんはそう言った。笑みを浮かべて細い声で言うのが不気味で、本当にだめなような気持ちにさせられた。下着は引き出しに、食べものは冷蔵庫に、ゴミはゴミバケツにきちんとおさまり、かつて家にあった秩序は戻ってきた。戻ってはきたが、それはやっぱり、母のいたときの秩序とは違った。もっとぎすぎすした、どこかヒステリックな、合宿所や修道院にこそあってしかるべき秩序だった。少なくとも泰子にはそう思えた。そういう言葉で思ったわけではなかったけれど。

泰子が初潮を迎えたのは十二歳のときで、ひょろりさんが生理用ショーツと生理用品を用意し、その使いかたについてどこか得意げに説明してくれた。そのころからだ、泰子が漠然とひょろりさんを嫌いはじめたのは。母親でもないし、父の妻でもないくせに、えばりちらしてる、と、ようやく追いついた言葉で思った。泰子ははっきり彼女を無視するようになった。だめね、泰子ちゃんは。そう言われるとわざと鼻で笑ったりした。

中学に上がると、ひょろりさんがくる前までのことがすべて、幼いころの空想に思えた。実の母との暮らしも、見知らぬ母子との遠足みたいな日々も。そう思わせるのはひょろりさんだと泰子は思った。それでますますひょろりさんを嫌った。自分が好かれていないと知ったらしいひょろりさんのほうでも、泰子を嫌いはじめたようだった。次第に弁当を作ってくれなくなり、体操着だけわざわざ洗濯しなかったり、制服のブラウスだけ洗濯槽のなかに放置したりするようになった。明日着ていくブラウスがないじゃん、と泰子が文句を言うと、「あら、忘れてた、ごめんなさい」と上目遣いで笑顔を見せた。

ひょろりさんに意地悪されていると、けれど泰子は父には言わなかった。父がどうにかしてくれるとも思えなかったから。そのかわり、幾度も幾度も、今では幻のように思える母子を思い出した。駄菓子を夕飯にしても叱らなかったあの女の人と、さまざまな遊びを作り出した男の子。彼らがこなければこんなことにはならなかったのに、と泰子は思った。彼らがこなければ母がいなくなることもなかった。母がいればひょろりさんがここにいるはずがないのだ。ああ、彼らさえこなかったら。

父とひょろりさんの関係がなんであるのか、中学生の泰子にはよくわからなくなっていた。ひょろりさんは母親面《づら》して家にいるが、父と正式に結婚したわけではない。あの女の人は父の恋人であるとなんとなくわかったが（彼女がやってきた当初、二人が抱き合ったり接吻したりしているのを幾度か泰子は目撃した）、そもそもの最初からひょろりさんと父のあいだには、あまやかな雰囲気は漂っていなかった。子どものころよりは格段に鋭敏になった、男女のことに関する嗅覚をもってしても、二人のあいだに湿り気や温度の高さは感じられないのだった。性行為について理解しはじめた泰子は、夜半までわざわざ起きていて、父とひょろりさんが眠る向かいの部屋の様子をうかがうこともした。何も聞こえはしなかったけれど。

あ、父は、家政婦さんがほしかったのだなと、中学二年のとき、唐突に気づいた。あの母子がめちゃくちゃにした生活を、立てなおしてくれるだれかが必要だったのだ。二人のあいだに愛や恋があったのかは知らない、あるいはどんな約束ごとがあったのか知らない、もしかして何もなかったのかもしれない、ともかく父は家に秩序をもたらしたかったのだ。秩序をもたらしてくれるものならなんでもよかったのだ。だれでもよかったのだ。思春期の泰子はそう思いつき、そしてその思いつきは泰子の気分を爽快にさせた。家に始終嫌いな人間がおり、その人間に馬鹿馬鹿しい意地悪をされ続けており、しわくちゃのブラウスで登校したり、家庭科で必要な食材を持ってこなかったり、毎日菓子パンを食べていたりするせいで、「奇人」とあだ名をつけられ遠巻きにされている、そんな泰子の気分を、九月の晴天のように晴れ渡らせた。

その日、ひょろりさんに笑顔で話しかけたのには理由があった。日記の置き場所が違うことに気づいたのだった。いつもは机の引き出しの、色鉛筆や雑記帳の下に隠すように入れている日記帳が、机の上、散乱した雑誌や本に紛れて置いてあった。ひょろりさん、読んでるんだ、と泰子は思った。読んでいることを知らしめようとしているんだ。

何が書いてあったわけではない。ひょろりさんの悪口も書いていなければ、いっこうに近づいてこない級友たちへの呪詛も書いていない。その日一日あったことを記しただけの日記だが、それでもかっときた。それで泰子は台所にいき、野菜を刻んでいるひょろりさんの隣に立ち、おだやかな笑顔で「ねえ」と話しかけたのだった。ひょろりさんは、ここ数年ろくに口もきかない小娘が、急に親しげに話しかけてきたことに驚いた様子で、でもその驚きをせいいっぱい隠しつつ、「なあに」とほほえみ返した。

「うちに住むのはおとうさんとの契約だったの？　住み込みで働いてほしいっていうような？　月にいくらでの契約なの？　それって年々アップするの？　それとも据え置き？」

ひょろりさんは表情を変えずに泰子を見ていた。口のまわりに、こびりついた生クリームみたいにほほえみが残っていた。勝った、となぜか泰子は思った。何に勝ったのかわからないにしても。

「だっておとうさん、再婚するつもりは昔からないらしいし、ってことは、家政婦として雇われたってことでしょ？」

「そうね」ひょろりさんは静かな声で言い、まな板に視線を落とし、また野菜を刻みはじめた。刻んでいたのは大根の葉だった。そんなことを泰子は今でもはっきりと覚えている。

ひょろりさんが隣駅のホームで、走ってくる電車に飛びこんで自殺したのはその半年後である。泰子は中学三年になっていた。

遺書を見つけたのは泰子だった。父宛てのそれは、ひょろりさんが死んだ翌日に郵便で届いた。父は警察や病院を駆けまわっていて留守だった。泰子はそっと開封して遺書を読んだ。短い遺書だったが、読めば父とひょろりさんの関係は推測できた。父の職場でパートをしていたひょろりさんは、父を好いていたのだ。父はその気持ちを（意識的にか無意識的にか）利用して、泰子がいつか思い至ったとおり、とりあえず秩序をもたらす存在として家に招いた。ひょろりさんは当然、結婚できるものと思ってやってきた。ところが父は結婚話を持ち出さないばかりか、ひょろりさんがその話をすると不機嫌になる。ひょろりさんは七年も耐えたのだ、自分を妻にしてくれない男と、決して自分に呼びかけようとしないかわいげのない子どもとの暮らしに。いや、七年も恋をし続けたというべきなのかもしれない。自分を家政婦としか見なさない男に。「もう待てませんでした」とあった。「ありがとうございました」で手紙は結ばれていた。泰子は手紙にもう一度封をして、食卓に置いておいた。

ひょろりさんの母親が遺体を引き取りにきて、ひょろりさんの故郷で葬儀は営まれたはずだ。その葬儀に父と泰子が出席することを、ひょろりさんの老いた母親はやんわりと断った。娘がお世話になりましたと、父の目を見ず言った。

父は以来ひょろりさんの話をしなくなった。だから泰子もしなかった。ひょろりさんが七年がかりで作り上げた修道院的秩序は、一ヵ月もしないうちに乱れた。父はあまり家に帰らないようになった。一日帰ってくると二日帰らない。二日帰ると三日帰らない。そんなふうだった。恋人がいるのだろうと、高校生になった泰子は思った。関係の長続きしない恋人か、不特定多数の恋人が。そして彼女たちをこの家に連れ帰らないと決意したのだろうとも思った。

「なあ、ユキナを殺したのはおれかな」

父がそんなふうにつぶやいたのは、泰子が高校二年の夏だった。暑くて寝苦しく、深夜水を飲みに台所にいくと、明かりもつけず、父は立ったままコップ酒を飲んでいた。コップに水道水を注いで飲む泰子の後ろ姿に向かって、ひとりごとのようにつぶやいた。

「私かもしれないよ」泰子は言った。ひょろりさんが死ぬ半年前に、彼女に言った言葉を打ち明けることはおそろしくてできなかった。「ううん」唐突に思いついたことを泰子は口にした。「あの人たちかも。ここに住んでた女の人。男の子といっしょに短い期間ここにいた人」そう口にしてみれば、本当にそうであるように思えた。だって、母の秩序を、あの母子がこなごなに壊したのだ。こなごなにしたまま いなくなったから、ひょろりさんがきた。

「直子か」短く父は言い、ふ、と息をもらして笑い、「おれは馬鹿だなあ」と低く言った。

うわーなつかしい、と、家に上がるなり智は声をあげた。その明朗な言いかたで、本当は覚えてなんかいないんだろうと泰子は思った。泰子は廊下、茶の間、台所、奥の和室、その向かいの和室と、平屋建てのすべての部屋の明かりをつけていく。わー、わー、と、勝手にあちこちのぞきこみながら智は歓声をあげている。

「落ち着かないから座っててよ、今お茶いれるから」台所でやかんに水を入れながら怒鳴

ると、

「お茶じゃなくて酒はないの？」と廊下の先から声が返ってきた。

流しの下から焼酎の瓶を取りだすために腰をかがめると、ジーンズの尻ポケットに入れた携帯電話が短く鳴った。あ、太郎、と泰子は胸の内でつぶやく。その場にしゃがみこんで、受信したメールを確認する。やはり山信太郎からだった。「今帰ったとこ。今日は疲れた。和田屋のりえちゃんが遅い夏休みでイタリアにいってきて、ワインをもらったから今度いっしょに飲もう。やっちゃんは今日はちゃんと夜ごはん食べた？」イタリアのあとにびっくり顔の、ワインのあとにグラスワインの、夜ごはんのあとに骨付き肉の絵があった。

「お帰り。お疲れ。今日は私もすごく忙しかったので、もう寝るところです。おやすみ。またあした」太郎とはうってかわって文字だけのメールを泰子は送信する。だいじょうぶだと自分に言い聞かせる。たぶん智は今晩ここに泊まることになるだろうが、何も問題ない。何かが決定的に変わってしまう、なんて考えすぎだ。父の寝室だった部屋に布団を敷いて寝かせるだけ。太郎を裏切ってはいないし、昔の知り合いを泊めたくらいで太郎は怒ったりしない。くり返し、自分に言い聞かせる。

落ち着きなく部屋を見まわす智と、ちゃぶ台で向かい合って座る。焼酎をお湯で割ってすする。

「昔はすごくでかい家って思ってたけど、あれだな、公園とかとおんなじで、自分がでっかくなってみればすごくでかいってほどじゃないよね」智は言い、「あ、狭い家って言ってるんじゃないんだけど」とつけ加える。幾度も幾度も思い出した、あのときの男の子が今ここに帰ってきている、ということの現実味は、泰子にはまるで感じられなかった。だからだいじょうぶだ。さらに念を押す。何もはじまってはいない。まったく知らないような男に夜具を貸しても、何もはじまらない。

「うちの父はさ」泰子は口を開く。「あんたたちが出ていってから、父は荒《すさ》んでね。荒むっていうのとは違うかもしれないけど、まあ、あんたたちがやってくる前のごくふつうの暮らしは戻ってこなかったわけ。それで私はずっと考えてた。あんたたちのせいだって、あんたたちが私のふつうを壊したって。あんたたちさえいなければ私はぜんぜん違ったのにって。でもね、大人になって、そうじゃなかったのかもって思うようになった。あんたたちが変えたんじゃなくて、もともと父はああいう人だったんだよね。あんたの母親と出会わなくても、きっとおんなじことだったんだよね。女の人を利用して、甘えて、お酒に逃げて、体壊して、そんでぽっくり死んじゃうんだったんだよね」

この家の夜は静かだ。父親と二人でいても、太郎が泊まりにきていても、あるいはひとりでいても気づかなかったことに泰子は気づく。

「そういうのってどっからはじまってるんだろうな」

お湯割りのコップを両手で持ち、智がつぶやく。それきり智は何も言わず、泰子も黙って焼酎をすすった。静けさがむしろ耳障りで、テレビでもつけようかと思っていると智が顔を上げ、真顔で訊いた。

「なあ泰子ちゃん、今、しあわせ?」

泰子は智を見つめ返してから、笑った。

「そうだね、しあわせだよ」泰子が答えると、

「そんならよかった。本当によかった」と、智は真顔のまま幾度もうなずいた。

そんなこと訊くな、と泰子は思う。そんなこと訊くな。だって、今目の前にいる、初対面としか思えない男が、重なり合ってしまう。あの、裸でひっついて眠った、全身を撫でさすり合った、パラシュートごっこをした、転げまわってともに笑ったあの男の子だと、認識してしまう。一瞬鼻の奥がつんとし、あわてて泰子は考える。そうだ私はしあわせだ、あんたたちが人生に闖入してきたって今の私はしあわせだ、そうとは思えない日々を過ごしてきたとはいえ今はとにかくしあわせだ。でもひょろりさんはそうじゃなかった。父だってきっとそうじゃなかった。それに母。どこでどうしているかまったくわからない母。ほかの女とできてしまった父ばかりか、幼い娘も捨てていった母。

「よかったなんてかんたんに言うな、あんたにはちっとも関係のないことだよ」泰子は投げ捨てるように言う。智は何か言いたそうに口を開いたが、「風呂沸かすから入って寝て

よ。始発の走る時間には帰ってよね」何も言わせず、泰子は立ち上がる。

酔いのせいにできるほどには飲んでいたが、けれど泰子は醒めていた。だからきちんと覚えている。智が寝室の襖《ふすま》を開けて入ってきたのではなく、自分が父の寝室の襖を開け、智の布団に潜りこんだことを。性交したかったわけではない、全身を撫でまわされて眠りにつくあの恍惚を、もう一度味わいたかったのである。それを智が拒まないことを泰子はわかっていた。それで厄介な関係がはじまるのではないことも。本人の言うとおり、関係を長く持続させられるような男には見えなかった。

「ずっとこうしたかったんだ、おれ」そうしてくれ、と言わずとも、智は泰子の寝間着に手を入れ、触れるか触れないかという程度の力で背を撫でる。全身がゆっくりと粟立つ。泰子も智のTシャツの下に手を入れて、その背を撫でた。ああ、と智は女みたいな声を漏らす。「大人になってもよく思い出したな、そんで、こうしたいって思ってたんだ」泰子は何も言わなかった。智の手の感触を味わいながら、泰子は目を閉じ記憶を呼び戻そうとする。今背を這う大きくあたたかな手ではなく、乾いた、爪の汚れたちいさな手の感触を。智の手は背から肩に移り、肩から胸へ移動し、胸と腹とを撫でていく。さっき智が漏らした声とよく似た声が漏れそうになり、泰子は失望する。勝手に反応してしまう体が、あの時間には永遠に戻れないことを告げている。元に戻らない。何もかも。そしてたぶん、今また何か、元に戻らない何かがはじまりつつある。こうして過去のまねごとをやってみたことによって。そのことに泰子は深く失望する。

「なあ泰子ちゃん、今つきあっている男はいる?」

「うん」太郎の顔を思い浮かべて泰子は答える。

「そいつ、いいやつ?」耳元でささやくように智は訊く。

「うん」泰子はくり返す。

中学でも高校でも親しい友だちはできなかった。父とこの家と、ひょろりさんへ投げた言葉の罪悪感から逃れるため、高校を出て東京でひとり暮らしをはじめ、アルバイトをするようになってからも、だれかと本当に親しくなることはなかった。恋人はすぐにできた。けれど別れるのもすぐだった。いつも別れを告げられた。退屈だ、と言われることもあれば、心を開いていない、と言われることもあり、何を考えているのかわからないと言われることもあった。長続きするのは、べつの恋人と二股をかけている男や妻帯者だった。こわいのだった。関係をはじめることは、何かまったくべつのことが数珠繋《じゅずつな》ぎ的に起きていくことで、それがどこに転がっていくのかわからないのがこわいのだった。恋人がいる人や妻帯者との恋愛ならば、何かはじまっても深まることはないだろうとどこかで思っていた。要するに遊ばれるくらいがちょうどいいのだと本気で思っていた。

けれど三年前、交際していた男の妻が泰子のアルバイト先を訪ねてきた。社員が七人、アルバイトが十人ほどの広告代理店だった。見知らぬ女がまっすぐ泰子のところに歩いてきて、いきなり頭をはたいた。「夫に色目を使うのはよして」と言い残して去っていった。その場にいた人はみな泰子に同情してくれた。そのときになってようやく泰子は気づいたのだった。自分は突然子連れで家にやってきたあの女と同じことをしているのだと。遊ばれて終わりになるならそれでいい、でも、そうともかぎらないことだってある。「ちょっと最近精神的におかしいんだ、あいつ」と、事情を知った恋人に言われ、泰子はぞっとした。恋人の妻の頭がおかしくなったとしたら、おかしくしたのは自分なのだ。軽い気持ちではじめたことがそんな深刻なところにまで波及する。もしその妻がひょろりさんのように線路に飛びこんだら、自分は殺人をおかしたことになる。そういうことなのだ、何かをはじめるということは。そんな折り、父親が脳溢血であっけなく亡くなり、泰子は恋人からもその妻からも、自分のはじめたことからも、ふたたび逃げるように実家に戻ってきたのだった。

食品加工会社に勤務している山信太郎は、スーパーアキダイによく出入りしていて、喫茶室で言葉を交わすようになった。交際してほしいと言われたのが一年前だ。関係をはじめることは相変わらずこわかったが、一方でだれかときちんと関係を持ちたいと切望してもいた。実家でひとりで暮らすのはさみしかった。ずっとここでこうしているのかと思うとさみしさは恐怖になった。山信太郎は、今まで長短の交際をしたどの男とも違った。泰子が心を開かずとも距離を縮めずとも、焦りもしないし不満を言ったりもしなかった。泰子から連絡をしなくとも、携帯電話の電源を一週間切っていようとも、太郎は何も責めず、忍耐強く会えるときを待っていた。だいじょうぶだよ、こわくないよ。それが太郎の口癖だった。ほかの人が言えば泰子は反発を覚えるかもしれないそんな言葉を、どっしりと気分の安定した太郎が言うと、本当にだいじょうぶなような気になった。

泰子は、けれど太郎とどれだけ親しくなっても、今までにないほど心を許しても、自分の過去については語らなかった。出ていった母のことも、転がりこんできた女の人とその息子のことも、そのあとでやってきた家政婦のような女性のことも。両親はちいさいころに離婚して、自分は父の元で育ったと、太郎に告げたのはそれだけだった。二ヵ月前、結婚を申しこまれ、了承したその後も話さなかったし、これからも隠し通すつもりだった。太郎のような健全な男は、辻井家のねじれに大なり小なり恐怖を覚えるだろうと思った。というよりも、自分の内にあるねじれに彼が恐怖を感じるだろうことが、おそろしかった。いなくなった三人の女、それをどうにもできなかった父、彼らと過ごした時間、ふつうとは言い難いかつての生活は、自身の内に確固としてあるねじれだという自覚が、泰子にはあった。今願うのは、太郎と結婚してともに暮らしはじめたとき、そのねじれが生活を脅かすことがないように、ということだった。まともな生活、まともな関係を知らない自分が、そうしたものを創り出せるのか、泰子は不安でたまらなかった。

「なあ泰子ちゃん、またいっしょに暮らさない？」

胸と腹を撫でていた智の手は、寝間着のズボンのなかに入り、尻の丸みをなぞるように這っている。泰子の手もまた、背中のくぼみをゆっくり下がり、トランクスのなかでうごめいている。智の性器がたっているのがわかる。もうちいさな子どもではない。性器には触れるべきか触れないべきか、迷い、結局触れる。智の体がちいさく飛び跳ねる。

「おれたちが出ていくとき、泰子ちゃん、泣いたなあ」

「泣いた？　そんな記憶ない」泰子は言う。本当に覚えていない。

「泣いたよ、いっしょに連れていってくれって、お願いだから連れていってくれって何度も何度も言って」

そんなことを言ったこともまったく覚えていない。連れていってとせがむ幼い自分を思い描き、馬鹿だ、と泰子は思う。私は馬鹿だ。

「悪いなあって、おれ、思ってた。連れていってあげられなくて」

よく知りもしない母子に連れていってと言うなんて、本当の馬鹿だ。

「な、いっしょに暮らそうよ。おれここに引っ越してきてもいいよ。泰子ちゃんのこと、ほとんど知らないのに、すごく知ってるような気になったよ、今日。昔みたいに毎日笑って暮らせるような気がする。ふつうとかさ、生活とかさ、そういうんじゃなくて、おれたちだけの常識を作って、そんでたのしく暮らせるような気がする。ほかの女とじゃできないような」

「何言ってんの」泰子は笑った。

「でも本当にそんな気しない？　本当に久しぶりだけどさ、今こうしてることにおれ、違和感ないもの」吐息のような声で智は言う。

「結婚するんだよ私」泰子は智の言葉を遮って言う。「邪魔しないで、もう。私の人生の」

泰子は暗闇に言葉を放ち、智のトランクスを引き下ろす。そして覆いかぶさるようにまたがる。結婚するんだよ。やっとふつうになるんだよ。夫と妻がひとりずつで向き合って、毎晩食卓を囲んで、週に二度洗濯して、一日おきに掃除機をかけて、それを当たり前のこととしてうんざりするほどくり返す、そういうことをするんだよ私は。あんたと暮らした遠い過去なんて、人生から締め出すんだよ。胸の内で必死に言い募りながら、それでも泰子は智の性器を自分の内に導くように入れていた。邪魔しないで、もう。それだけはもう一度口に出して言い、泰子はゆっくりと腰を動かした。

スーパーアキダイの遅番は閉店の九時までだ。

従業員用通路に売れ残りの生鮮食品や総菜、賞味期限の近い食品の並んだワゴンが出ている。パートの主婦たちとともに、泰子もここでよく総菜や食材を買う。けれど今日は品物を物色するのも面倒だった。ワゴンに群がる主婦たちに愛想よく挨拶し、従業員出入り口を出る。今日もまた智がそこにいるような気がしたが、暗闇に人の影はなかった。

自転車にまたがり、泰子は夜の国道を走る。国道沿いはラーメン屋や量販店のネオンで明るいが、田畑の続くその背後は真っ暗である。国道を照らすネオンが、その闇に圧迫され、次の瞬間にものみこまれそうになっているように泰子には思えた。いつもの道を、いつものように自転車で走っているだけなのに、いつのまにか光を縫いつなぐことに必死になっているのに泰子は気づく。ガードレールに三秒以上触れていないと爆死する、とか、赤信号を立て続けに三回見たら悪いことが起きる、とか、勝手に決めた馬鹿馬鹿しいルールを、いつしか真剣に守ろうとした、子どものころみたいに。

今朝、九時過ぎに起きた泰子は、智とともにまた自転車で駅前に出、喫茶店でモーニングセットを食べた。話すこともなく、智はスポーツ新聞を読みながらトーストを食べ、泰子はテレビを見上げてゆで卵の殻を剝いた。昨夜から薄々気づいていたが、智とともにいるのは気が楽だった。その楽さは、太郎の「だいじょうぶ」が与える安堵とはまったく異なる種類のものだった。つまりだいじょうぶと言われる必要もないくらい、楽なのである。そんなことに気づきたくはなかったが、喫茶店で泰子は気づいてしまった。

いっしょに暮らそうと昨夜智は言った。なんて突拍子もない、馬鹿げたことを言うのだろうと泰子は思った。きっとこのちゃらくさい男は、女と寝るたびごとにそうささやいているのだろうと思いもした。それでころりとだまされる女はけっこう多いだろうとも。

けれど泰子は、向き合って朝食を食べながら、いっしょに暮らすことは可能だろうと思った。その暮らしはずいぶんと楽だろう。愛や恋はそこに存在しないが、もしかしたらだからこそ、楽だろう。智は自分を口説いたのではなく、そのことをすでに知っているのではないか。そんな自分の考えを、泰子は危険だと即座に理解した。いってはいけないと思う方向に、いってはいけないと思うあまり足を踏み出してしまったのだろう父親を思い浮かべる。

母親をさがしてほしいと、唐突に泰子は智に言った。あんたたちが追い出した、私の母親を見つけだしてほしい。

智は正面から泰子を見た。口のまわりにパン屑がついていた。この男、きっともててきただろうし、今ももてるだろうなと、昨日思ったのと同じことを思い、続けて、不幸が私をつかまえにきたという自分の感想も思い出した。

うんさがす。智はおつかいを頼まれた子どものように、正義感に満ちた顔つきでうなずいた。本当に？　泰子は訊いた。うん。本当だよ。さがす。

見つかったら連絡して。泰子は言って、紙ナプキンに携帯電話の番号を書き、智に渡した。見つかるまでは連絡しないで。会いにもこないで。

うんわかった。智はもうひとつうなずき、泰子を見据えたままコーヒーを飲んだ。

もう少し自転車で走ると、やがて店もまばらになる。自動販売機が七台ほど設置された掘っ建て小屋を左折して走ると、田畑と住宅街が広がる。少し前までは、この時間、洪水のようにうしがえるの鳴き声が聞こえていた。泰子はラーメン屋の前で自転車にブレーキをかける。札幌ラーメンとうたっているが驚くほどまずい。それを承知で泰子はラーメン屋のガラス戸を開ける。店内に客はいない。店主はカウンター席でスポーツ新聞を広げテレビを見上げている。来客を認めると「らっしゃい」と口のなかで言い、煙草を揉み消してカウンターの内側に入る。泰子はカウンター席に座りビールと餃子を注文する。運ばれてきたビールを飲みながら、首を傾けてテレビに見入る。バラエティ番組のにぎやかな音声が満ちる店内が、戸の閉まった冷蔵庫のなかのように静かに感じられる。餃子が運ばれてくる。びたびたに醬油まみれにして、泰子はそれを食べる。

今度の正月に、大洗《おおあらい》にある太郎の実家に挨拶にいくことになっている。入籍や式の具体的な日取りは太郎の両親の意見も聞きながら決めようと話し合った。太郎の両親は私の内にねじれの気配を見つけ、結婚を認めないかもしれないと泰子は思ったが口には出さなかった。けれど太郎は、泰子の不安を感じ取ったのか「だいじょうぶだよ」とほほえむのだった。「みんなよろこんでるし、何も心配することない、だいじょうぶだから、こわくないから」と。それを聞いて泰子はうれしかった。うれしかったし、覚悟を決めもした。太郎と生活をはじめる覚悟である。過去を捨て去る覚悟である。

けれど今、そんなすべてが面倒に感じられる。太郎の両親に笑顔で挨拶すること。よろしくお願いしますと奥ゆかしく頭を下げてみせること。大安だの披露宴だの、そんな言葉を交わすこと。だいじょうぶだと言われること。

ああ、たしかに私は不幸に追いつかれたのかもしれないと泰子は考える。餃子から醤油が滴《したた》って泰子のジーンズに染みを作る。いや、そんなに大げさなことのはずがない。急いでうち消す。智はただ、智だ。私には関わりのない男だ。

「ごちそうさま」

餃子を二個残し、泰子は立ち上がる。勘定を終えておもてに出る。自転車にまたがり、すとんと暗い道をひた走る。そこだけ明るい自動販売機の小屋を曲がる。鞄に入れた携帯電話が鳴るのが聞こえる。

智だろうかと即座に思う。母親のことが何かわかったのか。いやまさか。そんなに早くわかるはずがない。太郎だ。きっと太郎だ。携帯電話を取りだして発信元を確認するのがなぜかこわくて、泰子は着信音を聞きながらペダルを漕ぎ続ける。やがて着信音はとぎれ、夜は無音になる。連れていってと泣いた、幼い自分の声が遠くで聞こえたような気がした。

母親をさがしてほしいと泰子は言った。うんさがす、と智は答えた。

何かわかるまであんたとは会わないとも泰子は言ったわけだが、会ってもらいたいからではなく、智は泰子の母親さがしに高揚していた。ぜったいに見つけてやる、と意気込んでいた。思い返せば、そんなふうに何かをやってやる、やってみせると思い、そう思うことで気分が高揚するのなんて、智にははじめての体験だった。はじめての体験にふさわしく落ち着いて考えることがまったくできず、智は何か思いつけば思いついたまま行動した。

茨城の泰子の家から都内に戻ってまず智がしたことは、人さがしを請け負うテレビ番組に応募することだった。幼いころ離ればなれになった父母や、あるいは過去に世話になった恩師や恩人、はたまた初恋の人まで、一定の審査をパスすれば番組がその会いたいだれかをさがしだし、番組内で再会させてくれるという内容の、毎週土曜日の夜八時から民放チャンネルで放映されている「あした会いましょう」という番組である。史恵がその番組を好きで、その時間、かならずチャンネルを合わせていた。成人した子どもが顔も覚えていない生物学上の父や母をさがしだして、めでたく出会い抱き合って泣いたりすると、父親がだれかも知らない智は、ただただ鼻白むのだったが、史恵は毎回飽きずにもらい泣きし、はなをかんでいた。

泰子の母親をどうやってさがすか考えて、まずひらめいたのがその番組だった。応募しようとして、泰子の母親の名前も知らないことに気づいて泰子に電話をかけた。数度の呼び出し音のあと、携帯は留守番電話に切りかわった。泰子の母の名を知りたい旨吹きこむと、数日後、泰子から戸籍謄本のコピーが送られてきた。泰子の母、一代《かずよ》は旧姓田中とい い、一九七五年に辻井家に嫁ぎ、一九八三年にその戸籍を抜けていた。

それから智は埼玉で宗田さんと暮らす母を訪ねた。泰子の母親が見つかるまでは日雇い以外のアルバイトはしないと決めていたので、宗田さんに少しばかりまとまったお金を借りられればとも思っていた。

JR駅からバスに十五分ほど乗った、畑と住宅ばかりの、全体的に背丈の低い町に宗田さんの一軒家はある。母はもうとうにここにはいないのではないかという、いつもながらの不安を覚えながら智は宗田宅を訪ねた。おう、智くん、と、玄関の戸を開けた宗田さんがにこやかに言い、「ナオさーん、智くんだ」と、どことなく芝居じみて奥に呼びかけるので、智はほっとした。

居間のちゃぶ台で、仕事はどうだ、調子はどうだ、暮れと正月はどうするのだ、不景気にどのくらい影響を受けているかと、切れ目なく投げかけられる質問に智はにこやかに答える。母は、ピンク色のカーディガンにベージュのフレアスカートを着せられ、盆に湯飲みや菓子ののった皿をのせて運んでくる。客には茶をいれて出し、その茶にはお茶うけが必要だと、直子は宗田さんに習ったのだろうかと智は考えながら、母親の染みの出た手の甲を見つめた。

「正月は三が日があけてからナオさんを温泉にでも連れていこうかと思っていてね。草津や四万《しま》もいいけど、たまには箱根や伊豆のほうにいくか、それとも足を延ばして九州までいくか。ナオさん、九州の温泉にいったことないって言うから、それもいいかと思ってるんだけどね。ああ、でも智くん、三が日はここにいるから心配することないよ。ここはおかあさんの家、きみの家でもあるんだから、暮れは帰ってきてくれていっこうにかまわないんだ」

座椅子にもたれかかって座り、つるりとした笑顔で宗田さんは話し続ける。居間は散らかっているというわけではないが、束ねて積み上げられた新聞雑誌や、段ボール箱、酒瓶や醤油瓶などが四隅に置いてあって雑然としている。その雑然を、智は心地よく感じ、そのことを不思議にも思う。宗田さんが直子を置いてくれていることをありがたく思いながら、宗田さんのつるりとした顔と、その至極まっとうな様子にかすかに苛つき、直子がさっさと出ていけばいいのにと、相反する気持ちを味わう。直子が出ていかないのは、自分と同じようにこの居間が心地よいからだろうかと智は考える。お茶とお茶菓子を運び終えた直子は、宗田さんの向かい、ガラス戸を背に座り、自分の並べた湯飲みや菓子皿を見ている。

「智くんはおつきあいしている女性はいるんだったか。そういう人がいるんだったら遠慮せず正月にここに連れてくればいいから。ご大層なことはできないけどもお節ぐらいはワタシ、毎年用意しているんでね。蟹とまぐろも買ってくるし」

「あの、母と二人で話したいことがあるんですけど」智は笑顔のまま、宗田さんが気を悪くしないよう慎重に話を遮った。

「はあ、話」宗田さんもにこにこしている。

「ええ、ちょっと二人だけでどうしても話したいことが」

「ああ、ワタシ、いないほうがいいってこと」

「いや、あの、ちょっと母のこと連れ出していいですか」

「いや、じゃワタシ出るよ、いないほうがいいんなら」

「それじゃなんか悪いし」

「いこう、智」じっと黙っていた直子がぱっと顔を上げて言い、立ち上がった。

部屋を出ていく直子の姿を、宗田さんが楕円形に口を開いたまま見送るのを智は盗み見る。直子がふいにいなくなったあと、宗田さんはきっと今と同じ顔をするだろうと、起こるかどうかわからない未来のことなのに、まるで過去の記憶を思い返すようにしながら、智は母親のあとに続いた。

居心地のいいごたついた居間より、やはりパチンコ屋のほうが直子にはよく似合うと智は思う。話をするには騒々しいが、次第に騒音の合間から直子の声だけ耳が勝手に抜き取るようになる。次々と飛び出ては躍るように落ちていく銀色の玉をたがいに見つめながら、息子と母は会話をしていた。

泰子の父の出ていった妻に会ったことがあるか否か、あればどんな人だったか、彼女について何か聞かなかったか、三流探偵よろしくどんなちいさなことでも母から聞き出すつもりでいた。辻井さんのことも最初は思い出せなかった母だが、住所録とやらが出てきた時点で、当時のことを色濃く思い出したのではないかと智は期待していた。けれど、

「忘れたんじゃなくて、知らないよ、もともと」

と、智の質問に直子は答えた。「辻井さんのことは覚えてるよ、もちろん。顔なんかはアレだけど。もう薄ぼんやりだけど。なんたって三十年近くも前だから。でも、その奥さんには私は会ってないよ。奥さんがいるのはなんとなく知ってたけど、一度も会ってない。それに、家に住まわせてくれただろ？　そのとき奥さんがいなかったから、あれ？　って思ったんだ、そう、あれ？　って思ったんだよ。この人、男やもめだったのか、って。そ

うそう、今思い出した」

直子は膝を叩き、それを合図のようにして確変のリーチがかかる。直子は言葉を切り、パチンコ台に額がくっつくほど顔を近づける。だだっ広いパチンコ屋はがら空きで、がら空きなのに雨の日の満員電車のような湿気に満ちていた。歌謡曲と、あまり意味のないことを叫ぶ店員の声がわんわんと広がっている。直子の煙草はほとんど吸われないまま、灰皿のなかで灰になっていく。確変を逃した直子は、さして落胆するふうもみせず、パチンコ台から顔を離してまた背をそらす。

「辻井さんからなんの話も聞かなかったんだ」

「奥さんの話をする男としない男といるからねえ、世のなかには」直子はずいぶんと使い古したボール紙でハンドルを固定すると、巾着袋から煙草を取りだし、新しい一本に火をつける。ぽつぽつと席の埋まったパチンコ屋にいるのは、直子と似たり寄ったりの初老の女か、自分と似たり寄ったりの職業不明の三十男ばかりだと、フロアを見まわして智は思う。

「あの家で写真も見なかった?」

「私、人んち勝手に家さがしして写真見るような、そういうアレ、ないから」直子は言うが、茨城の家でもほかのところでも、煙草銭がなくなれば引き出しだろうが財布だろうが勝手に開けていた母の姿を智は覚えている。

「泰子ちゃんからも聞かなかったんだ、何も」

「だれ、それ」

「ほら、女の子いただろう、おれと同い年の」

「ああ、裸になるのが好きだった子だね。あの子もなんにも言わなかったよ」

　直子が辻井さんの妻について何ひとつ知らないとしても、智は想像していたほどには落胆しなかった。ここにきた本当の目的は、母の記憶より、宗田さんに金を借りることにあるらしいと智は気づくが、そんな自分にさして嫌悪も覚えない。そのとき、智の台に確変スーパーリーチがかからなければ、たぶんその話は切り上げていただろう。智はもう一万円近く使っていたし、直子にも確変リーチはかかりそうになかった。何より、雨天でもないのに窓のない店に立ちこめる湿り気が智には不快だった。にぎやかな音とともにリーチがかかり、やがてそれは大当たり確定となった。あらま、と、直子は智の台をのぞきこむ。あらま、運がいいね。

「でもなんで茨城だったのかなあ。その前ってたしか横浜だったよね」

　智はとくに返答も期待せずに言った。とりあえず大当たりが終わるまでここにいなくてはならない。突っ込んだ一万円を回収して、さらに上乗せしてプラスになるか、弾け出てくる玉を見下ろして考える。

「しかしまあ、横浜だなんだ、よく覚えてるもんだねえ、あんなにちっこかったのに。そうだった、横浜だった、小机《こづくえ》だね、そうそう小机。へんな名前だよね、小机なんてさ」直子はハンドルをボール紙で固定したまま、自分の台はもう見向きもせず、魅せられたように智の台に視線を据えて、言う。「そうだよ、あのね、私、焼き物やろうと思ったんだ、それで茨城いったんだった。今日は冴えてる。いろんなこと思い出すよ。いつも、薄ぼーんやりした膜の向こうなんだけどね」

「何、焼き物って」上の空で智は訊く。

「ほら、なんていうの、お茶碗とか、湯飲みとか、そういうの」

「え、陶器のこと？」

「そうそう、そういうの。そういうのやろうと思って茨城いったんだった。やーだ、そんなこと、本当に今までずっと忘れてた。自分のことなのになんでもかんでも忘れてくもんだね」

「え、陶芸をやろうと思ったの？」直子と陶芸というのはいかにも意外で、智はにわかに興味を覚え、それでもパチンコ台から視線をそらさず声を大きくして訊いた。

「だから、そうだよ。陶芸だよ」

「なんだってまた陶芸だったのよ」

直子は自分の台に向きなおり、ハンドルに挟んでいた紙を抜き取り、微妙にハンドルを調整しながら話し出す。幾度か騒音に声がかき消され、「えっ!?」と智は大声で訊き返さなければならなかった。

「あのとき私伊勢佐木町《いせざきちょう》で働いてただろ、少し早く着くとよくデパート見てたんだ。そこでね、ナントカ市っつったか、ナントカ祭りっつったか、何かの催しがあったんだよね。それにふらりといったらさ、ちょっとしたコーナーで茶碗並べてて、すっごくいいのがあったんだ。おんなじナントカ焼きなんだけど、それだけ違う。なんかこう、あったかくて、やさしくて、私にそんなことはないのにさ、なんか大勢で食卓を囲んだことを思い出すような、そーんな感じなんだよね。気がついたら、こう両手で包んでてさ、そしたらまた、その感触が違うんだほかの器と、ぜんぜん。生きものみたいなの。あんた、昔巣から落ちた燕《つばめ》を育てたことがあったろ？　飛べるようになるまで。あの燕もさ、あったかくてやわくって、強く握ったらつぶれそうなわりに頑丈で、そんで、ああ死なしちゃだめだって思わせるようなとこ、あっただろ？　こう、光をそっと守ってるようなさ。あんな感じ。あんな感じなんだよ。今思うとおっかしいんだけど、私、泣いたんだよね。こうやって器を両手で持って、その場に突っ立ってぼろぼろ泣いたわけ。でも自分では泣いたことも気づかなくって、お嬢さんどうしましたって声かけられて、お嬢さんなんて年でもないのにそう呼んでくれたんだよ、それではじめて自分が泣いてるのに気づいて、そのことにまたびっくり仰天」

あちこち寄り道しながら続く直子のまどろっこしい話に、智はじっと耳を傾けた。何を思うわけでもなかったが、しかし妙に心に引っかかる話ではあった。何が、どこに引っかかるのか、智にはまだわからなかったが。

「私、知らなかったんだけど、ああいうお茶碗って、作家がいるんだってね。私に声かけてきたのは私が手にしたお茶碗を作った作家先生だったんだよ。そんでねえ、名刺くれて。興味があったらいらっしゃいって。それが茨城だったんだよね。ああ、忘れてた、こんなこと」

「それで、その先生のとこに弟子入りしたわけ」足元に四つ箱を積み上げて、大当たりは終わろうとしていた。けれど直子の話をまだ聞いていたくて、智は箱から一握りした玉を、台に投入する。それをちらりと見た直子も、そこから玉をつかみ自分の台に入れる。

「あんた、そのほかのことはよく覚えてるのに、あそこのことは覚えてないんだ？　まあ、三日で退散したからね。いや、四日は続いたかな」直子はそう言って、不自然なほどの馬鹿笑いをした。

智はハンドルから手を離し、隣に座る母親を凝視した。昔はまっすぐだった背も今は丸みを帯びて、はりのあった喉も頬も、細かい皺で覆われている。直子は智の視線にかまうことなく、口を半開きにしてパチンコ台を見つめている。智の記憶では、横浜のアパートはすぐに茨城のアパート、そしてあの一軒家へと続く。窯元も、アパートに移るまでのことも、記憶からは抜け落ちているようだ。

「四日でやめて、それで辻井さんと知り合ったんだ」智は直子に、というより、自身に言い聞かせるように言った。

「だってあんた、朝は四時起きで雑巾がけだし、窯は暑いし茶碗なんて作らせてもらえないし、あんなこと、私にできるわけないんだよ。それで水戸で働きはじめて、そこで会ったんだ、そうだそうだ」

直子は小刻みにうなずいた。パチンコ台に向きなおると、もう銀の玉はなくなっていて、台はしんと静止している。


テレビ局から智の携帯に電話があったのは、年が明けてしばらくたったころだった。智の応募を採用することが決まったので、打ち合わせをしたいという。半月後の午後を指定され、智は迷った結果、泰子に連絡をとった。留守番電話に用件を吹きこむと、その日の夜に泰子から電話があった。「人さがしの番組に応募するなんて、あんた、ばっかじゃないの」とくり返していたから、もしかして約束をすっぽかされるかもしれないなと智は思っていたのだが、当日テレビ局の一階にある喫茶店に着くと泰子はすでに窓際のテーブル席にいた。

浅井と名乗るテレビ局の男とは、おもに泰子が話した。智は泰子の隣でアイスティーをすすりながら、窓の外、やけに枝振りの立派な木を眺め、二人のやりとりを聞いていた。

母親に買ってもらったもの、母親、一代のいなくなったころのこと、母親との思い出、母親さが及び家族の写真の有無、泰子から見た父と母の関係など、浅井の細かい質問は、しというよりは、番組で流される再現ドラマ用のものなのだろうと智は推測する。けれどほとんどの質問にたいし、泰子は曖昧な答えしか返せない。覚えていないんですよ。絵本を買ってくれたのはたぶん、母だったと思うんですけど……。なんの絵本かは……。料理がおいしかったのは覚えてます。どんな料理だったかな……。写真はたぶん少しならあると思います。父と母が喧嘩をしていた記憶はないんですが……。いえ、もうあんまり覚えていないんです。浅井は、泰子本人がさがす気がないからそんな返答しかしないと思っているらしく、苛立った声で方向を変えつつ質問を続けているが、隣で聞いている智は次第に泰子が気の毒になってきた。本当に泰子は覚えていないのだ。おそらく、その後の暮らしが幼い泰子に強烈な印象を残したせいで。だって知らない女と、知らない男の子が急に自分の住まいで暮らしはじめたのだ。泰子はその暮らしにすぐになじんでいたけれど、それはもしかしたら幼いながらの生存本能の故だったかもしれないし、そうでないにしても、それまでいた母親のことは忘れたほうが得策だったろう。その場で生き延びるには。

「つまり辻井さんはあまりおかあさんに愛された実感はないということですよね」浅井が言い、智はちらりと泰子を盗み見る。髪のあいだから飛び出た耳の縁が、さっと赤く染まったのに智は気づく。そういえば、つるりとまっすぐな髪のあいだから耳が飛び出ているのは子どものころからだと続けて思い出す。

「いやー、愛されるとかそういうの、おれ、わかんないけど、でもおれらがそのあとすぐに突然やってきたわけだから、この人の母親が何してくれてても、この人本当に覚えてないんだと思うんだよね」

浅井の前に顔を突き出して言うと、浅井は今さらながら智の存在に気づいたように目をぱちくりさせ、テーブルに広げた資料（ファイルには智が書き送った手紙も入っていた）と智を交互に見て、えっと、と眉間に皺を寄せつぶやいた。

「だからおれの母親がこの人の父親と恋愛したせいで、この人の母親は家を出ざるを得なかったわけ。それでこの人の母親をさがしてるのは彼女だけじゃなくて、おれもなの」

えっと、えっと、と言いながら浅井は資料をめくり、「母親と、父親が、恋愛で、それで母親が家を出て……」と、へんな具合に智の言葉を口のなかでくり返し、理解できたのかできないのか智にはわからなかったが、

「とりあえず、VTRはこちらで台本を作ってみますので、辻井さんはそれをあとで確認してください。多少誇張するとは思いますが、事実を曲げるようなことはいたしませんので。これからのスケジュールなのですが、さっそく調査会社とともに田中一代さんの捜索に着手しようと思います。あとは調査の進捗次第ということになるのですが……」

と説明をはじめ、智は泰子同様、テーブルに身を乗り出して浅井の言葉を一言も漏らす

まいと耳を傾けた。

「思ったよりまともなんだね」喫茶店を出、地下鉄駅に向かって歩きながら泰子は言った。

「もっと嘘っぽいのかと思ってた。でも調査会社とかって、ちゃんとさがすんだね」ひとりごとのように言い、うなずいている。

このまま駅で泰子と別れたくなく、智は適当な飲食店がないかあたりを見まわす。数十メートル先にファストフード店がある。「なんか食べない」とその看板を指しながら誘うと、

「そうだね」ファストフード店の方角に顔を向け、ぼんやりした声で泰子は言った。

喫煙可の二階席は空いていた。窓際のカウンター席に座り、泰子はチーズバーガーを食べポテトをつまんでいる。奥に、若い女が五人ほどかたまっていて、みなフリルのついた黒っぽい服を着て、アイラインのくっきりした化粧をし、智には日本語とは思えない言語でにぎやかに会話していた。

「見つかるかな、あの人」智に、というよりは、かぶりついているハンバーガーに訊くように泰子はつぶやく。

「見つかるんじゃないの。テレビではだいたい見つかってるじゃん」

「見つからない場合は放映しないんだよ」

「でも、見つかるだろ。向こうだって見つけなきゃ商売にならないんだし」

「感動のご対面とか、やんのかな私」

たは、と智は笑ってみたが、泰子は笑わない。泰子の母が見つかることを疑ってはいなかったが、テレビで見るように、扉が開いてそこに泰子の母が立っていて、今隣にいる泰子と抱き合って二人とも泣き濡れる、ようなことはやはり智にも想像できなかった。

窓の外は曇っている。葉を落とした街路樹の枝が寒々しく広がっている。コーヒーは酸っぱくて薄かった。陶芸だったんだと、智は思わず隣にいる泰子に話しかけたくなる。

直子が、うちの母親が茨城にいった理由は陶芸だったんだ。美術や芸術にそれまでまったく興味を持ったことがなく、そののちだって持たず、この先持つ可能性もない、さらに素養も教養もこれっぽっちもない女なんだ。茶碗や器に凝ったことだってただの一度もない。居場所が決まると直子はまずごはん茶碗を買ってきたけれど、それだって、ナントカ焼きとか作家ものじゃない、百円均一で売ってそうな、安っぽい絵のついたものばかりだった。千葉に引っ越してからは面倒になったのか、プラスチックの食器を使うようになったんだ。割れないし、何度も使えるから。なあ、プラスチックの皿を使う女が、どうしてデパートの物産展で目にした器に泣くんだよ？　賭けてもいいけど、たぶん、それ、一回こっきりだ。あの人の人生で一回こっきり。おれだって芸術なんて世界は知らないけど、でも、いいもんなんだろうなってことはわかる。おれたちの生活とはちっとも関係ないところにある、すごくいいものなんだろうなって。でもそれが身近にあったっておれらは気づかない。おれや直子のような人間は気づかない。すごくいいってことに気づかない。だってそんなもの見たこともないし触れたこともないし、おれらはいつだって違うところを見てるんだから。もっと地べたに近いところ、手のひらとか、足の甲とか、せいぜいマンホールの蓋なんかを見てるんだから。べつに卑屈になってるわけじゃなくて、それが当然のことだよ。芸術とか本物なんてことは、おれらとは関わりのないずっと遠くの世界のことだよ。だから不思議なんだ。なんで直子がそのときその器に魅せられたのか。たった一度、なんで。

ふつう、いいことだろ？　無知で無学で、絵画ばかりか映画だって観たことなくて、自分の暮らしと男以外に興味なんかほとんどなくて、そんな人間が、器に魂ごとひっぱられたみたいに魅せられる。自分の力で何かしようなんて一度たりとも考えたことのない人間が、自分の手で陶器を作ってみようと思い立つ。ふつう、それっていいことだろ？　でも、その結果どんないいことがあった？　あんたたちがやってくる前のごくふつうの暮らしは戻ってこなかった、と泰子ちゃんは言った。あんたたちのせいだって、あんたたちが私のふつうを壊したって、そう言った。

考えてもみてよ泰子ちゃん。直子がデパートでその器に感動なんてしなければ、いや、その器を見さえしなければ、茨城にいくことはなかったんだ。あんたの父親に会うこともなかったし、あんたの母親が出ていくこともなかった。あんたたちの「ごくふつう」は今も続いているはずなんだ。こんな番組に応募することも、もちろんなかった。いや、それ以前に、ここで二人で座っていることもあり得なかった。泰子ちゃんは今しあわせだと言ったけれども、それはそれで充分いいことだけれども、でも、直子が陶器なんか触らなければ、べつの、もっと違うどっしりしたしあわせを得ていたんじゃないのかな。

智は心のなかで一気に泰子に話しかけた。心底打ち明けたかったが、でも、そうしてはいけないのだという思いが、なぜか強くした。声に出すのをこらえるためにひっきりなしに貧乏揺すりをしなければならなかった。

「やめて、それ、苛つく」

泰子に足を蹴られてようやく智は体を揺らすのをやめ、へへ、と媚びるように泰子に笑いかけた。窓ガラスに顔は映らないのに、泣きそうな自分の顔がガラスにへばりついたようにはっきり見えた。

「そういえば、泰子ちゃん、結婚するって言ってたけど、いつするの」何か言わねば直子の話をしてしまいそうで、智は懸命に話題をさがし、思いついたことを口にした。

「あんたに関係ないじゃん」ぼそりとつぶやいて、包み紙に顔を突っ込むようにして泰子はハンバーガーを食べる。

「やめたら？　結婚なんて」

泰子は何も言わず、智と視線も合わせなかった。窓の外を見据えたまま、包み紙から顔を離し、くちゃくちゃと咀嚼音《そしゃくおん》を響かせたあとで、「見つかるのかな本当に」と、またつぶやいた。

人って、何かやっているときは余計なことをいっさい考えないものなんだなと、智は三十代半ばになってはじめて知った。何か、はべつになんでもいいのだろう。人生を賭けるようなことでも、もっとささやかな、言ってしまえば無意味なことでもいいのだろう。学校に通っていたあいだのいつか、勉強やクラブ活動にもう少し力を入れていたら、あるいは卒業後就職して、成績を気にしながら仕事をしていたら、余計なことは考えなかったろうと智は想像する。余計なことというのはつまり――自分はどこかおかしいのではないかとか、あの母とああいう暮らしをした弊害とか、限りなく繁殖していく「もし」のこととか、だ。

今、智はテレビ局の楽屋にいる。会議室のような部屋だが、入り口に「関係者控え室」と書いてあったから楽屋なのだろう。出演者の付添人たちで室内は混み合っている。部屋の中央にあるソファセットには中年グループが座り、自己紹介し合ったり菓子を分け合ったり、テレビ局の対応の粗雑さを愚痴り合ったりしている。壁にそって長テーブルが並べられ、パイプ椅子が何脚か置いてあるが、そのどれもにだれかしらが座っている。だれかが連れてきた子どもたちが狭い部屋を駆けまわって遊んだり、ソファテーブルに置いてある菓子を取り合って泣いたりしている。二時過ぎからはじまった収録は、四時近いのにまだ終わらない。

田中一代が見つかったと浅井から連絡があったのは、二月の終わりだった。また浅井に呼ばれて泰子とともにテレビ局に赴き、収録のための打ち合わせをしたのが二週間前。そして三月半ばの今日、収録が行われているのだった。

母親をさがしてほしいと泰子に言われてから今日まで、あれこれ考えなかったなと、騒々しい楽屋で智は気づいたのである。もちろんまったく考えなかったわけではない。直子がなぜ器に感動しなければならなかったのか、とか、そのあたりのことはずいぶん考えた。けれど泰子と会う以前に漠然と考えていたあれこれ——史恵に言われたせりふの真意とか、将来への漠然とした不安とか、女たちと会うローテーションとか、そうしたものは考えずにすんだ。田中一代に会いたいのは泰子であって自分ではなかったが、しかし今日までの日々には、今まで知らない種類の充実があったと智は思う。今まで、同級生がテストの点を云々したり、部活のことで落ちこんだり、はたまた名も知らぬ大勢がスーツを着て会社にいったりすることが、なぜなのか智にはちっともわからなかったのだが、そうか、人はこんなふうな充実を味わっているのかと思わず納得しそうになったほどだった。

収録現場に入れるのは当事者の泰子だけだと浅井から言われていた。田中一代がテレビ局にきているのかどうか、泰子も智も、事前には知らされていない。ずいぶんまっとうなんだなと、楽屋に案内されながら、以前泰子が言ったようなことを智は思った。会いたい人が会いたい人に会うこの番組の大半はヤラセだろうと智は思っていたのだった。行方不明だっただれかが見つかった時点で、さがしていた当人と会い、番組内で対面するとかしないとか、会ったら泣くとか泣かないとか、そういうことをあらかじめ決め、台本通り進めていくのだろうと。けれどそうではなかった。

テレビ局のスタジオで、今、泰子が母親に会えているのかどうか智にはまるでわからない。もし母親と会えたとして、自分と同じく何も情報を与えられていない泰子が、いったいどんな表情で母と向き合うのか、想像もできない。

ドアが開き、スタジオにいっていた数人が入ってきて、騒々しい部屋はさらににぎやかになる。収録は終わったらしい。次々と部屋に戻ってくる、テレビ用に化粧を施された男女のなかに泰子の姿をさがすが見あたらない。智は部屋を出、廊下を歩いているテレビ局の人間らしい男をつかまえ、「収録終わったの?」と訊く。ええ、終わりましたと、首にIDカードをぶらさげている若い男は答える。「辻井泰子さんはどこ? 戻ってこないけど」

「えーと、一般の出演者の方でしたら、じき戻ってくると思いますよ」それだけ言って男は小走りに去っていった。

泰子が戻ってきたのは、楽屋のほとんどの人間が帰ったあとだった。だれがだれをさがしにきたのか想像もつかない家族連れが、残った弁当や菓子を紙袋に詰めているとき、ドアが開き泰子があらわれた。

「ああ泰子ちゃん、遅かったじゃん。どう、会えた」智は安堵のあまり大声で言いながら泰子に近づいた。どうも、お先にー。両手に紙袋を提げた太った母と痩せた父、ほっぺたを膨らませて何か咀嚼している子どもと、涙のあとを頬につけたもっとちいさな子が部屋を出ていく。ドアのそばに立つ泰子のところまでたどり着き、そして智は、泰子のうしろ、廊下にひとりの女が立っているのに気づく。目が合うと女はさっと浅く頭を下げた。

「田中一代さん」泰子が言い、

「田中一代です」その女が言った。こざっぱりとしたシャツにパンツをはき、まっすぐな黒髪を引っつめて結わいた女は、智が思っていたよりずっと若々しく見える。

ああ、会えたんだ、会えたんだ泰子ちゃん、そう言おうとするものの、声が出ず、智はただあわあわと口を動かした。

「この人がその、東原智くん」

「ああ、この人が……」という言葉のわりには、田中一代はまったく興味のなさそうな顔つきでちらりと智を見、すぐに視線を移した。といっても何を見るでもなく、楽屋内に視線を漂わせている。突っ立った三人の真ん中に沈黙が降るようにやってくる。

この先どうなるのだろう。三人でお茶でも飲みにいくのか。食事にいくのか。過去をふりかえるのか。田中一代は「ごめんなさいね、置いていって」と泣き出したりするのか。泰子は、泰子は……めまぐるしく智が考えていると、

「じゃああの、また、連絡します」泰子が沈黙を丸めて投げるようにして、言った。

「あ、ええ、そうね、連絡お願いね。待ってます」思いついたように言うと、田中一代は一礼して、智と泰子に背を向けた。廊下を遠ざかる背中はふりかえらなかった。


空の端が淡い紺色に染まっている。三十八階にある居酒屋の窓ガラスから見ると、空はやけにでかい。道ばたで見るよりずっとでかいと智は思う。

話を聞きたかったので飲みに誘うと、「すっごく高いところにいきたい」と泰子は言った。値段のことかと智は一瞬不安になったが、「町がぜんぶ見下ろせるような」と泰子が続けたので安堵した。それで、新宿副都心にあるビルの居酒屋にきた。五時の開店と同時に店に入り、窓際の席に案内された。テレビ局から新宿に向かう電車のなかでも、西新宿で智がビル選びに迷っているときも、泰子はじっと黙りこんでいたが、店に入って席に着いたとたん、上機嫌で饒舌になった。

「おのぼりさんって感じ。こういうとこ、私はじめて。東京に住んでるときってこんなとこ飲みにこないよね。高層ビルなのに値段ふつうだね、眺め賃入ってないんだね。あーなんかおなか空いた。注文していい？　すみませーん注文お願いしまーす」と、立て続けに

しゃべり、けっこうな品数を注文し、しかし注文したものが続々と席に届くと、「うへえ、なんか見ただけで満腹。ねえあんたが食べてよ。私は飲むから。飲む係やるから」と言って手をつけず、ビールを焼酎に切り替えておかわりをくり返している。

どんなだったの、何話したの、あの人どこで何してたの、と、テーブルいっぱいに並んだ料理に箸をつけながら智が尋ねると、泰子は真正面から射るように智を正視し、切れ目なく話した。

「いろんな方面からいろんなふうに言えるんだよ。たとえば私を置いていったことを後悔しているかってとこからだって話せるし、あんたたち母子のことをどう思っているかってところからも話せる。もちろんあの人が本当のことを話していると仮定してだよ。

あの人が家を出ていくまでの経緯と、その後の簡単なことは、番組で再現ドラマみたいの作ってたの。ほら、私もそういうの作られたでしょ。私のもだいぶ脚色してあったけど、まあ、あの人のもそうだろうね。あの人ねえ、女優さんになりたかったんだって。高校出て上京して、大学も出てて、でも卒業後に女優になる勉強はじめて、テレビや映画で端役もらったりするようにはなってたんだって。そのロケで大洗に一ヵ月近く滞在したことがあって、そのとき仲間といった居酒屋で父と知り合って、猛烈アタックされて、ロケ終わって東京戻ったら身ごもってたんだって。私を。

それで女優やめて父と結婚して茨城に移って暮らしはじめて七年目に、父の浮気が発覚するわけね。自分の仕事も何も捨てて嫁いできたのにあんまりだって、あの人はどうしても許せなくて、家を出たんだって。家を出てからひとりで東京いって、でも今さら女優でもなし、かといってまた男に頼って生きるのも危険だって思って、それまでただ好きだった料理の勉強を専門的にはじめて、それで山あり谷ありで、今はフードコーディネイターっていうの？　新規の店のメニュー考えたり、タレントが料理本作るとき協力したり、テレビドラマでごはん出てくるでしょ？　そういうのの献立決めたりしてるんだって。それでもちろん、置いてきた娘のことは忘れたこともなくて、でも、自分が出ていってすぐ父の浮気相手が引っ越してきたって聞いていたから訪ねることもできなくて、二年たってから離婚届に判押して、そうするうち月日がたって、今に至る。でも私ががんばれたのは娘の存在があったからだって、がんばってこの世界で有名になればもしかして娘に気づいてもらえるかもしれないって、それでがむしゃらに仕事してきたって、まあ、これがテレビ側がまとめたストーリーね」

田中一代が身ごもったあたりから、空の隅の淡い紺は全体に広がり、料理の勉強をはじめたところで一番星が光っているのに智は気づいた。泰子は話をやめ、グラスに残っている焼酎を飲んでいるので、智は店員を呼び飲み物の追加注文をした。私もおかわり、とあわててつけ加え、「それでね」と泰子はまた智に向きなおる。

「収録が終わってから別室であの人と話をしたの。テレビカメラは入ってるんだけど音声はとらないの。そしたらあの人、『あなたもそうだろうけど、さっきの再現ドラマは合っているところもいないところもある』って言うわけ。『あなたのドラマだってずいぶん安っぽく作られていたもんね。本当は高校生のとき私をさがしたりはしなかったでしょ？』って。悪い人じゃないみたいだった。変わってるけど。『あなたに申し訳ないから、ちょっと訂正させてね』って。

あの人が言うには、私を身ごもったから女優をやめたわけではないって。二十代も後半なのに芽も出ないし、どうしようかなって思ってたときに父と恋仲になって、しかも赤ん坊までできたから、それに逃げたんだって。逃げたものの、これでよかったのかって思っていて、しかも茨城の暮らしは性に合わなくて、働こうにも職もなくて、父は育児をいっさい手伝わないし、生活を変えたいって思い詰めているときに、父の浮気が発覚したんだって。それでこれ幸いと東京に戻ってきた、ってあの人は言うの。子どものことを愛してないわけじゃなかったから、連れていこうとしたにはしたけど、いやだって私が言ったんだって。いやだいきたくないって。それで置いてくわけなんだけど、『でもそれ、あなたのせいにしてるわけじゃないから』ってあの人言うんだよね。『私だって一回で諦めたの。いっしょにいこう、って六歳の娘に言って、いやって言われて、はいそうですかって置いてきたの。私、そういう人間なの。だからあのドラマでは毎日忘れたことないって言ってたけどそんなことないの。もし会いにくれば拒まなかったし、頼られればできるかぎりのことはしただろうけど、でも、正直、自分に娘がいるって忘れることもしばしばだったのよ』だって」

　田中一代の真似らしく、彼女のせりふのところでは泰子は肩を丸め低い声でぼそぼそと話した。その姿は、似てもいないのに担任教師のものまねをする小学生のようで、智は思わずその場で泰子を強く抱きしめたい気持ちに駆られる。それをこらえて冷たい焼き鳥を囓る。

「今はあの人、中目黒の一軒家にダンナと住んでるんだって。ダンナがなのかあの人がなのか二人ともなのかわかんないけど、すごく金持ちっぽかった。また会おうってことで、とりあえず連絡先交換してきたけど、どうだろうね。あの人から連絡がきたりするかな。こっちから連絡しても迷惑がられはしないだろうけど。なんかそれはわかった、雰囲気で」

　泰子の饒舌は着席したときから変わっていなかったが、けれど少し前、ファストフード店でそうだったように、智に話すのではなくひとりごとに似たつぶやきに変わっていた。

「それで、どうだった？」泰子が言いたいことをとりあえずは吐き出したと理解した智は、訊いた。知りたいのではなく、もっと話させてあげたかった。

「どうって、何が」グラスのなかの溶けてちいさくなった氷を口に含んで泰子は訊き返す。

「いや、会いたい人に会えて、知りたいことを知ることができたのかなって」

泰子は智から視線をそらし、腕組みをしてウウムと聞こえるうなり声を漏らした。空はすっかり紺色だった。ガラス窓に向かい合う泰子と自分の姿が映っている。その向こうに広がるフロアは、一様に若い客でもうだいぶ混んでいた。

「まず、私が知りたいことはふたつあった」慎重に泰子が言う。

「うん」智はうなずき、サラダボウルの乾燥しているレタスをつまんで食べる。

「あんたたち母子がやってきたことによって、何がどう変わって、それについてどんなふうな感想を持っているか」

「うん」脂が白く凝固した角煮をつまんで食べる。

「あともうひとつは、私と父のことをかつてはどう思っていて、今はどう思っているか」

「うん」智はテーブルを見まわしてうなずく。まだほとんどの料理が残っているが、何も食べたくはない。げっぷがひとつ出る。泰子のグラスが空であることに気づいて、智は店員を呼び、自分のぶんと合わせて追加注文をし、泰子がなんにも口にしていないことに気づく。自分のことをこわいと言った史恵のことを、智はふいに思い出す。食べきれないほど注文しておいて、何も口にせず焼酎を飲み続ける泰子を見ても、きっと史恵はこわいと言っただろうと、思う。

「何か食べたら?」と言ってみるが、泰子は宙の一点を見据えたまま何か考えている。

「そのふたつ、知ることはできたの」智は先を促す。

「できた」泰子は宙を見据えたままうなずく。「できた、んだと思う。父があんたの母親と恋をしたことによって、あの人はこれ幸いと東京に戻った。つまり、あんたたち母子は、あの人にとってなんでもない存在だったわけだよね。意味があるとしたら、これ幸い、くらいなんだろうね。もうひとつの答えは、なんとも思っていない。そりゃ人間だから、罪悪感とかいろいろあったとは思うけど、でも、泣き暮らしたとか、自分を責め続けたとか、写真を肌身離さずとか、そういうことではないようだね。案外さっぱり、置いてきたもののことは忘れたんだね」

母に愛されなかったのではないかと浅井に訊かれたとき、泰子がぱっと耳を赤らめたことを智は思い出す。田中一代が、たとえば人さがしの番組を見る多くの視聴者が期待するような、我が子を思い泣き暮らし後悔ばかりしている、そんな母親でなかったことは泰子を傷つけただろうか。泰子が自分の人生を変えられてしまったと思っているのに、田中一代の人生には父の浮気相手など蚊ほどの存在感もない、そのことは泰子を傷つけただろうか。何が知りたいってそれを智はもっとも知りたいのだが、しかしどう訊いていいのかわからない。傷ついたかと訊いても、どうして傷つかねばならないのかと泰子は訊き返すだけだろう。

「知ることはできたんだけど、腑に落ちないからわかったような気がしない」

新しく運ばれてきたグラスに口をつけ、割っていない割り箸で脂まみれの料理をつついて泰子は言った。つつくだけつついて、しかし食べようとはしない。

「腑に落ちないって」

「あんたたちが登場したことによって、田中一代は、本来の自分に戻ったんだよ。ねえ、そんなことってある？」

「本来の自分」智は泰子の言葉をくり返す。

「女優になりたいっていうくらいなんだから、そうとう自己顕示欲とか自己実現願望とかある女だったんだよね、田中一代は。それがちょっと弱気になって田舎に引っ込んだものの、でも、やっぱなんかやりたい、目立ちたいって思ったんだよね。娘のためにがんばったんじゃない、あの人、単に有名になりたくてがむしゃらにがんばったんだよ。テレビに出てきたのだって、それで名前が売れるからだと思うな。だって私知らなかったけど、田中カズヨって有名みたい。だから番組の私のコーナー、ほかの人より長いと思う。あんたたちが登場しなかったら、あの人、今ごろ茨城で文句たれながら太った主婦やってるかもしれないんだよ」

「つまり、直子と辻井さんが恋愛したことが、田中一代の幸福につながってることが腑に落ちないってこと？」智は訊いた。

「そう！」泰子はグラスを持っていないほうの手で膝を叩き、大きな声を出す。「そう！要約すればそういうこと！　あんたたち、あの女にとってはいいことしたわけだよ、結果的に」

傷ついてはいないらしい。智は思う。傷つくも何も、泰子は自分と同様知らないのだ。ごくふつうの家庭も、そうあるべき母親の姿も。知らないものは、持っていなくたってそうと気づくはずがない。ただ、不思議なのだろう。直子が陶芸品に感動して茨城にいったことが、どうしても腑に落ちない自分のように、その大いなる不思議に、今、まさに取り憑かれてしまったのだろう。

「そういえば、ありがとう。お礼を言い忘れてた。ここは私が奢ります」

料理にはいっさい手をつけないまま、泰子は勘定書を手に立ち上がり、レジへと向かっていく。焼酎のロックを十杯以上おかわりしていたはずだが、口調にも歩調にも酔った感じはない。

昼間はあたたかかったのに、外に出るとビル風が冷たかった。早足で歩く泰子と競走するようにして地下道に向かう。

「電車、まだあるの」智が訊くと、

「あるよ。まだ九時前じゃない」腕時計を見て泰子は答える。

「帰っちゃう？」帰るというのならいっしょについていこうかと智は考える。再会したとき、泰子があまりにも想像通りなので智は驚いた。顔立ちが好みだとか、体つきが性欲をそそるとか、そんなことはいっさいないのにいっしょにいて楽だった。もうずっとともに暮らしてきたような気がした。そして今、泰子の実の母親を自分がさがしだし、二人は対面を果たした。そんな一大イベントのあとで、泰子とともにいることは智にとって楽を超えた何かになってしまった。膨大な時間を共有した家族とか、こと細かい摺り合わせを幾度も行ったカップルとか、愛情と無関心を共存させる術《すべ》を覚えた夫婦とか、そのどの関係をも智は知らなかったのだが、しかし、そうしたものによく似た何かが、自分たちのあいだにあるように思えた。

「帰るよ、もちろん」地下道を歩きながら泰子はしっかりした声で答え、次の瞬間、その場にしゃがみこんだ。

「どうしたの、おなか痛いの」数歩先にいきかけた智は驚いて戻り、かたわらにしゃがみこんで訊く。

「私、あんたにもう一度人生を壊されたかもしれない」両腕に顔を埋めた泰子はくぐもった声で言う。

「え、何よ、何よそれ。田中一代をさがしださないほうがよかった？」

「違うよ。あの女は関係ない。結婚するのが馬鹿らしくなったんだよ」

「え、じゃあしなきゃいいじゃない」そうだそうだ、結婚なんかするな。そんなふつうのことするな。

「うるさい、のんきに言うな」隣にしゃがむ智を突き飛ばし、泰子は素早く立ち上がって小走りに駅に向かう。しゃがんでいたせいでみごとにうしろにひっくり返った智は、地面で藻掻《もが》くようにして起きあがり、泰子を追う。待って、待ってよ泰子ちゃん。情けない声が自分の耳に届く。ジーンズのポケットで携帯電話が震えだしたことに気づいたが、電話に出ているどころではなかった。泰子ちゃーん。人混みのなかに見え隠れする背中を追って足を速める。電話の振動は一度終わり、また数秒後にはじまった。これも智は無視した。

そうして結局その日は、ひとりアパートに帰る気にならず、帰りの電車賃がないことを理解しつつも泰子の家まで押しかけ、なし崩し的に一緒に寝ることになった。

ナオさん、いなくなっちゃったんだけどどうしたらいいかねえ、という、おそらくせっぱ詰まっていることを隠そうとしているせいで、奇妙な具合に間延びした宗田さんのメッセージを智が聞くのは、だから、日付が変わってからだった。

智の依頼によってテレビ局がさがしだした実の母、田中一代と会ったとき、正直、泰子は何をどう考えていいのか理解できなかった。

一代を見たとき、ああおかあさん、と抱きしめたくなるような気持ちはいっさい起こらなかった。この人なんだ、と思った。この人なんだ、あの母子より前に家にいた人は。そして、その淡泊な自身の感想に泰子は戸惑った。もしかして私はどこかおかしいのではないか。人間らしい情を持たないのではないか。あの特殊な暮らしが、持つべき感情というものを失わせてしまったのではないか。

しかし収録後、田中一代の話を聞いていて、なんとなく安堵した。田中一代も、人間らしい情を持っているようには思えなかったから。

これ幸いと東京に戻ってきたと、一代は言ったのだ。自分に娘がいるって忘れることもしばしばだった、と言ったのだ。

実の母のその率直な言葉に、泰子は傷ついたわけではない。彼女が言い訳や保身を排除して、できるだけ客観的な言葉を用いて客観的に説明しようとしてくれていることが、泰子にはわかった。自分だって、おかあさん会いたかったなどという気持ちには到底なれないのだ、抱きついて泣かれたり、執拗に心配されたりしたら、きっと居心地悪かったろうと泰子は思う。一代のその淡泊さに、皮肉にも血のつながりを感じたりもした。

ただ何か、腑に落ちなかった。

何がどう腑に落ちないのか、テレビ局を出てからずっと泰子は考え続けた。智に語ることで、腑に落ちない理由をさがしもした。

しかしそれから一ヵ月が経とうとし、テレビをつければキャスターがゴールデンウィークの話題を持ち出すことがあっても、まだ、腑に落ちない。その理由もわからない。わからないまま、腑に落ちない気分は泰子のなかで怒りへと転化していった。

実の母があらわれようが、テレビ放映の日が決まろうが、泰子の日常は何ひとつ変わらなかった。スーパーアキダイに自転車で通い、休みの日には昼過ぎまで寝て過ごす。一代から連絡がくることもなかったし、もらった携帯電話の番号やメールアドレスにこちらから連絡を取ることもない。ただひとつ以前と変わったのは、山信太郎と定期的に会わなくなったことだ。正月には太郎の両親や親族に挨拶をするにはしたが、結婚話は棚上げになっている。具体的に日時や式場を決めることを泰子は避け続けていた。

テレビ収録のあとも、この家で智と寝てしまったことで、太郎にたいして罪悪感を抱いていて、しかしだから会いたくないというわけではなかった。かつて漠然と心配していたように、自分の持っているだろうねじれが、太郎との新生活を脅かすのではないかという不安もあるにはあったが、それよりも、苛立ちのほうが今は大きかった。一代と再会してから、どういうわけだか、だいじょうぶだよ、こわくないよという、かつてはこれ以上ないほど泰子を安心させた太郎の口癖が、癇《かん》に障って仕方がなくなった。そう言われるたび、いったい何がだいじょうぶなんだとくってかかりたくなる。太郎がそう口にしなくても、どうせだいじょうぶだと思っているんだろうと意味もなく怒鳴りつけたくなる。

太郎への、その気持ちの変化も泰子自身にはまったく理解できないのだったが、しかし、腑に落ちない気分が怒りへと変わっていくのとそれは同時進行で、太郎に連絡もせずにいた。

桜はとうに散り、木々の緑が日に日に濃く、強くなってゆき、その木々の下を自転車でくぐり、そうして泰子は、自分の人生が一時停止させられているとふと思うのだった。結婚話は進まず、そもそも結婚したいのかもわからず、実の母には会ってしまい、会ってないお進展なく、仕事は順調だがそもそもパートが順調であってもどこか先に進むわけではない。すべてが止まっている。しかも、一時停止しているのではない、させられている。何に？　だれに？　考えると、智に、とまず浮かび、泰子は笑いたくなる。突然あらわれた智なんて、私にはなんの関係もないのに。寝たことは寝たが、しかしそれで関係が作れるような男ではないことはとうにわかっているし、私だって関係を作る意思は初《しょ》っぱなからない。母さがしが終わったのだから、もう二度と会う必要もない男であるのに、なぜその男に私の人生が一時停止させられているなどと、思うのだろう？

そんな泰子の思いを見透かすように、携帯に智から電話がきた。母親がいなくなった、と電話口であわてもせず、言う。

「どっかのおじさんの世話になってたんでしょう、おかあさんは」

自宅の茶の間で焼酎を飲みながらテレビを見ていた泰子は、リモコンでテレビの音量をちいさくする。おかあさん、と口にすると、そうするつもりもないのに、子どものころ一時期ともに暮らした女の姿が浮かんだ。何をしても叱らなかった、肌の色の白い、触れるとどこもかしこもやわらかい女。

「いなくなったのはあのテレビの日でさ、連絡しようと思ってたんだけど、さがしたりなんだりで、連絡できなくて」

電話の向こうで智は言う。

「べつに連絡してくれなくてもいいよ。あんたのおかあさんは私には関係ないんだし」

開けた鯖缶にのせたマヨネーズを、箸でつついて泰子はなめる。

「いや、っていうか、泰子ちゃんもどうしているかなって思ってたんだよね」

「それでおかあさんはどうしたの。見つかったの？　いなくなったたまんま？」

泰子は智に聞かされた、母子二人の放浪の過去を思い出す。とんでもない話だった。智の母親は、自分の家にふらりと住み着いたように、自分を受け入れてくれる人ならだれかれかまわず身をゆだね、そうして生きてきた女なのだ。だから今回いなくなったのだって、驚くようなことでもない。実際智も驚いているふうではない。が、泰子にはちょっとした興味があった。智の母親はもう六十歳は過ぎているだろう。老いにさしかかった彼女を、果たしてだれが受け入れるのか。いったいいつまで彼女は流れ漂うつもりなのか。

「それがさあ、参るんだよ」と、実際参っているような声を智は出した。「隣駅の男の家にいたんだよ」

「ええ?」

「そんなのさ、どっちだっておんなじだよ、おれにしてみたら。宗田のおっさんだろうが、石屋のおっさんだろうが、おんなじだよ。乗り換えるようなこと、ないんだよ。意味わかんねえよ」

「石屋って何」言いながら、泰子は笑いだした。宗田がだれかも知らないし、状況は何ひとつわからないが、つまり智の母は同居していた男から近所の男の家に逃げ出したのだろう。猫みたいに。

「石屋って、ほら、墓石作ったり灯籠作ったりする店、あるだろう。そいつんち、石屋なんだけどもうほとんど廃業してて、だけど庭に石ばっかたくさんあって、趣味でへんな置

物作ってるんだよ、売れもしないのに値段つけて、国道沿いに並べて」律儀に石屋の説明をする智を遮り、

「それでどうしたの、おかあさんはそこに住むわけ」泰子は訊いた。

「今説得中だよ、宗田んちに帰れって。宗田さんにばれないようにこっちだって必死でさ、何しろ隣の駅だから。あーあ、泰子ちゃんに会いたいな」

泰子はそれには返事をせず、爪を嚙んだ。田中一代の家を見にいこうかと、脈絡のないことを思いついた。渡されたメモには、携帯の番号とメールアドレスと、自宅住所が書かれていた。「もし会いにくれば拒まなかったし、頼られればできるかぎりのことはした」と、一代は率直に言った。けれど会いに、というよりは、見に、いきたいと泰子は思った。見にいったことがばれても、きっと一代は怒らない。

「もしもーし」智の声が聞こえてくる。「聞こえてるー？　おれ、泰子ちゃんに会いたい。またいっしょに眠りたい」智の声の背後からも、ちいさくテレビの音声が聞こえている。

「ちょっとトイレいきたいから電話切るわ。またね」泰子は言い、返事を聞かずに通話終了ボタンを押す。テレビの音量を元通りにし、氷の溶けきった焼酎を飲み、マヨネーズをかけた鯖をちびちびと食べる。リモコンをいじり、智が見ていたらしい番組をさがしてみる。

正確には、一代の家は中目黒ではなく目黒だった。駅から大きな道路に沿って歩き、美術館を過ぎて右折し、そこから広がる住宅街を番地を頼りに泰子は進む。ゴールデンウィークにさしかかり、スーパーアキダイは世間の休みとは関係なく営業しているが、休日に挟まれた中日に休みをもらい、泰子は早朝家を出て東京に向かったのだった。

大通り沿いには酒屋やコンビニエンスストアが並んでいるが、角を曲がるといきなり町は静かになり、ヨーロッパかと思うような洒落た飲食店や雑貨屋が、住宅に紛れこむようにしてある。東京で暮らしていたとき泰子が住んでいたのは杉並区で、このあたりを歩くのははじめてだが、しかし駅から離れた不便な場所に洒落た店が点在するのは、東京独特の光景だなと思う。それにしても東京はこんなに緑が多かったかと、一ヵ月ほど前にも東京にきたばかりなのに、泰子はあらためて驚く。おだやかな春の陽射しに、道路沿いの木々の葉は絶え間なくきらめいている。

駅から十五分ほどで、さほど迷わず目的地に着いた。表札には住所とともに、二つの名字が書かれている。佐伯、田中。佐伯は一代の夫の姓である。番地からいっても名前からいっても、そこが一代の家なのは間違いがないのだが、どうにも信じられず、泰子は表札を確認したあとそのあたり一帯の表札を意味もなく見ながらぐるりとまわった。

田中一代の家は、ずば抜けて大きかった。大きく、美しく、垢抜けていた。柵の向こうに建つのは深い緑と焦げ茶と白を基調にした四角い家で、芝生敷きの庭があり、庭の一角にはガレージがあり、そのなかには赤い四駆が停めてあり、車の隣には赤と水色の自転車が一台ずつ、庭には泰子が名を知らない木々が植えられていた。こういった西欧風の家は度が過ぎると醜悪だし、度が過ぎなければ安っぽくなると、なんとなく泰子は思っていたのだが、田中一代の家は醜悪でも安っぽくもなく、ゆとり、という言葉が泰子の胸に浮かんだ。自分はこの家を評するのにゆとりという言葉しか知らないらしいと、何か打ちのめされたような気分で泰子は思った。

車があるのだから家のなかに一代も一代の夫もいるのだろうか、いや東京の人はどこにいくにも車に乗るとはかぎらないものか。ためしにインターホンを押してみようか、連絡をしてかまわないと一代は言っていたし、おためごかしを言う人ではないようだったから本当だろう、しかも自分は実の娘なのだからこうして訪ねてきても迷惑がられるはずがない、いや、しかし、そもそも一代は私のことを夫に話したのだろうか、二週間前に放映されたテレビ番組を一代は夫とともに見たのだろうか。泰子はせわしなく考えながら、家の前を通り過ぎ、角までいってまた戻ってきて、さらに通り過ぎ、また戻る、をくり返す。一代に会いたいというよりも、家のなかを見てみたかった。こんな馬鹿でかい家のなかはいったいどうなっているのだろう。テレビや雑誌の世界では、家のなかも外観と同じく美しく整えてあるのがふつうだが、しかし実際に人が暮らしている家なのだ、散らかっているのだろうか、髪の毛や埃は落ちているのだろうか、つぶれた空き缶がゴミ袋に詰まっているのだろうか、生ゴミのにおいがうっすらと漂っているのだろうか。この、泰子にとっては非現実的な屋敷の内側の生活のにおいをかいでみたいと、自身でも戸惑うくらい強く泰子は思っていた。

インターホンを押せないまま、何度目かに佐伯・田中家の前を通りかかったとき、年若い女の子が出てきて泰子はぎょっとした。木綿らしきでれんとした生地のワンピースを着て、ミリタリーブーツを履き、水色の自転車を押して門から出てくる。ワンピースとブーツの不釣り合いな組み合わせが、やけにお洒落に泰子には見えた。女の子は自転車にまたがると颯爽とペダルを漕ぐ。何か考えるより先に、泰子は自転車を追って駆けだしていた。

空は高く、青く澄んで雲はない。陽射しはやわらかく、木々はゆっくりと葉を揺らしている。そんななかを進む、水色の自転車にまたがった女の子の後ろ姿は、映画の一シーンを思わせた。それがだれであるかもわからないのに追う泰子は、自分が何を追って走っているのか、走りだしたときからもうわからない。自転車はくねくねと住宅街を進み、走る泰子との距離を次第に離していく。だんだん、だんだん、だんだん遠ざかる。

女の子はだれだろう。一代の弟子か、アシスタントか、秘書か、テレビ局のADか。それとも親戚の子どもか、お手伝いか、ペットシッターか、夫の愛人か。いずれにしても彼女はあの家のなかがどんなふうになっているのか知っているのだ、と泰子は思う。だって今、家から出てきたのだから。話すことはできないだろうか。家のなかの様子を訊くことはできないか。

次の角を曲がったところで、女の子を見失ったことに泰子は気づく。目の前には人のいない住宅街の路地がのびている。飲食店も雑貨屋もない。向き合う家と、家の庭に植えられた細長い木々と、電信柱が続いている。ようやく走るのをやめ、肩で息をしながら泰子は歩く。もう一度一代の家を見たかったが、引き返すのも面倒で、ただ歩く。そうして泰子ははっとする。あの女の子が一代の娘だということもあり得ると、今さらながら気づく。一代は子どもがいるとは言っていなかった、話の断片に子どもの影もちらつかなかった、けれどだからといって、子どもがいないと言い切ることはできない。もしあの子が一代の娘だったら——そこまで考え、泰子は空を見上げる。その次の言葉が思い浮かばない。もしあの子が一代の娘だったら——私は何を思えばいいのだろう？

結局彼女の姿を見失ってよかったのだ、だって話しかける言葉すら思いつかないのだから。そんなふうに思って大通りに出た泰子の目の前に、今し方佐伯・田中家を出てきた女の子がいて、泰子は息をのんで立ち止まる。女の子は自転車にまたがったまま止まり、犬を連れた中年女性と話をしているのだった。立ち話はなかなか終わらず、そのまま歩けば彼女たちを追い越してしまうと思った泰子は、近くにあった自動販売機の前で立ち止まり、ジュースを買ってその場で一気飲みする。空き缶をゴミ箱に放っても彼女たちはまだ話していて、泰子は仕方なくもう一本ジュースを買う。それを開けようかどうしようか迷っていると、じゃあまたね、おかあさんによろしく、ええ、ごめんくださ い、と高らかに交わす声が聞こえてきた。

泰子はまたしてもはじかれたように駆けだし、そうして、ふたたび走りはじめようとしていた女の子の背に、ジュース缶を握った手を伸ばした。手は届かなかったが、リレーのバトンのように握った缶がかろうじて彼女の腰のあたりを叩き、彼女は自転車にまたがったままふりかえった。ふりかえり、汗をだらだら垂らしている泰子を、不思議なものを見るような、けれど決して拒絶はしないやわらかいまなざしでじっと見つめた。

今智の母親が身を寄せている家は、都心から電車とバスで二時間ほどかかるところにあると前もって泰子は智に聞かされていた。ほんならお菓子でも買おうよ、と智を誘って駅構内のコンビニエンスストアに向かった泰子は、レジ袋ふた袋ぶんも菓子やジュースを買っていて、どうやら自分は遠足に向かうように高揚しているらしいと気づく。行楽に向かう親子連れとともに下り列車に乗りこんだのがまだ昼前だった。ゴールデンウィークが終わった最初の週末なのに、列車は混んでいる。座ることができず、菓子の詰まったレジ袋をぶら下げたまま泰子は吊革にしがみつく。

あんたの母親に会いたいと、泰子から頼んだのである。直子は今も石屋で暮らしているそうだ。宗田さんのところに戻ったほうがいいと、これまでに二度、智は母親を説得しにいったが、そうだねそうするよとのらりくらりかわすだけで、一向に戻る気配がない。衝突を避けるために隣の駅に母親がいることを、智は宗田さんには隠していたのだが、捜索願いを出すと宗田さんが騒ぎはじめたので、やむなく母は昔住んでいた津田沼のほうにいるらしいですよと嘘をついた。しかしその嘘もいつばれるか時間の問題である。なんかもう、おれ、どうでもよくなっちゃった、と智は泰子の携帯に電話をしてきて言うのだった。

本当にもうどうでもいいのにと、その話を聞きながら泰子は思っていた。自分が父をどうすることもできなかったように、智も母をどうにかできるはずがない。そうしてどうやら智は自分と同じような人間である。つまり努力や我慢が得意ではなく、責任感もなく、後悔は人並みにするがこの後悔を実生活に生かしたことがない。親のことをふと思い出して、考えてみたりするけれど、途中でどうでもよくなって投げ出してしまうのがオチなのだ。二度の説得にしたって、その智がよくそこまでやったと泰子は褒めてやりたい気持ちなのだった。だから、何を思って今回智はがんばって母を宗田さんの元に戻そうとしているのか、泰子にはわからないのだが、話を聞くうち、直子に会ってみたいと思った。幼いころいっときともに暮らした女。父の恋人だった女。父と私から「ふつう」を取り上げた女。もしかしたら私と父と、ひょろりさんの人生をぶち壊しにしたかもしれない女。

それで泰子は提案した。

ねえ、もういっそのこと、その宗田さんって人と石屋にいったら？　宗田さんとあんたのおかあさんの問題だもん。私もいっしょにいってやってもいいからさ。しばらく考え、うん、そうする、と智は子どものように従順に言った。うんさがす。そう言ったときのように。

娯楽施設のある駅で乗客はだいぶ降り、泰子と智はようやく座ることができた。座席につくなり泰子はレジ袋からうに煎餅を出し、食べはじめる。だれかが開けた窓から風が入ってきて、その風に顔を向け泰子は目を細める。智はだらしなく足を開いてペプシを飲み、げふ、と無遠慮にげっぷをした。

「最近、二度、会ったって言ったじゃん、おかあさんに」うに煎餅を食べながら泰子は言う。

「うん」

「なんでさ、石屋にいったのか、訊いた？」

「うーん、どっちがどうとかじゃなくて、成りゆきだっていうんだよね」

「それって色恋が絡んでるの？」

「色恋っていうか、うーん」

「六十過ぎてるよね」

「ていうか、違うんだよね、激しい恋愛とかじゃなくて、うーん、おれが思うに、あの人、宗田さんのところがうっとうしくなったんだと思うんだよ」

「なんで」

「宗田さん、すごくまっとうな人でさ、直子を温泉に連れていきたいとか言うし、正月にお節作ったりするし、そういうことに甘えながらもさ、耐えられなくなるんだと思うんだよ」

「何に」

「なんていうのか、そういうことに、としか言いようがないんだけど」

「どういうこと、さっぱりわかんない」

泰子は言って、智からペットボトルを取り上げて飲み、それを突き返した。さっぱりわからないというのは嘘で、じつは智の推測する直子の心情はよく理解できた。ざわりと両腕が鳥肌に覆われるくらい、じつによく。つまりそれは、太郎との結婚話を棚上げにしている自分と同じなのだった。

「おれだってわかんねえよ、今日会ったら本人に訊いてくれよ、っつっても、たぶん本人もうまく説明できないと思うけど。そういう、ちゃんとあれこれ言える人じゃないし」

智は座席に投げ出すように置いたレジ袋から柿の種を取りだしてぼりぼり食べはじめる。ピーナッツが床に転げ落ちると、反射的に靴の踵で踏みつぶしていた。前の座席に腰かけた子連れの母親が、非難するような目で智と泰子を見ている。泰子は無視してうに煎餅の袋に口をあて、上を向いて袋の隅に残ったかすを口に流しこむ。

佐伯亜里砂《ありさ》のことを智に話そうかどうしようか、泰子はずっと迷っていて、今も迷っていた。話せば智は聞いてくれるだろうが、うまく整理して話せる自信もなく、また、話したいポイントもよくわかっていなかった。田中一代はあのとき言わなかったけれど、娘がいたんだよ、その娘と会って話をしたんだよと言えば、へえ、そうなの⁉　と智は驚いてくれるだろうが、よかったじゃん、で話を終えられそうな気もして、それは泰子がもっとも避けたいことなのだった。

あの日、不躾《ぶしつけ》に声をかけた泰子を、亜里砂は訝《いぶか》ることもあやしむこともしなかった。と、いうより、「テレビ、見ました」と、不思議なものを見る表情を崩さないまま、言った。お茶でも飲まないかと誘うと、「このあたりはお店がないから」と言って、駅の方面に向かって自転車を引いた。駅から少し離れた路地に自転車を置くと、駅付近のフランチャイズのコーヒーショップに泰子を連れていった。時間、だいじょうぶなんですかと泰子が訊くと、映画を観にいこうと思っていただけだから、と言い、レジ待ちのカウンターで並んだ泰子に、佐伯亜里砂ですと思い出したように名乗ってお辞儀をした。

自分の母親に離婚歴があること、離婚した家庭に子どもを置いてきたことは、二十歳になるまで知らなかったと亜里砂は言った。二十歳の誕生日前後に、母からその話を打ち明けられたのだという。けれど父親の違う姉にとくに会いたいとも思わなかったし、会うこともないのだろうと思っていた。そのときは驚いたけれど、自分のほうも大学や恋愛で忙しくて、そんな話もすぐ忘れてしまったし、ついこのあいだ、母がその話を蒸し返すまで思い出すこともなかったのだと亜里砂は屈託なく話した。

テレビ局の人間が会いにきて、娘が会いたいと言っているというんだけれど、どうすればいいかと、一代は夫と亜里砂に相談したそうである。会ったほうがいい、というのが夫と亜里砂の意見で、そうして一代はその話を受けた。放映されたテレビも家族全員で見た。DVDにも落としてある。と、言うのである。

亜里砂の語り口同様、あっけらかんとした家族関係に驚くというよりはあきれ、泰子はただ薄く口を開いたまま亜里砂の話を聞いていた。なぜこの人を呼び止めたのか、すでにわからなくなっていた。泰子が亜里砂の顔を無言のまま凝視していると、彼女は何か催促されたとでも思ったのか、自己紹介をはじめた。美大を卒業後、フリーランスでアート関係の仕事をしている、と言う。アート関係の仕事が具体的に何を指すのかは泰子は理解できなかったが、まあ、スーパーアキダイよりはやりがいも収入もある仕事なのだろうと推測し、それで満足したからあえて訊かなかった。

「じゃあ、迷惑じゃなかったんですね、私がさがしだしても」と、自分でも卑屈に思うような言葉が、意思とは裏腹に口から出た。すると、

「ママって自己チューでしょ」と、上目遣いに泰子を見て亜里砂は言った。「子どもとか家庭とかのために自分を犠牲にできるような人ではないと思うんです。いっときママを恨

んだ時期もありました。だって、私の運動会や入学式と自分の仕事が重なろうものなら、ぜったい自分の仕事を選ぶような人でしたから。あのテレビのあと、まだ一ヵ月も経っていませんけど、仕事の依頼が急に増えて、すごいんです。以前みたいな料理関係もそうですけど、自伝を書かないかとか、家庭について、恋愛についての女性誌からの取材とかも増えて。もしかしてママは、そういうことを見越してあのテレビの話を承諾したのかもしれません」それから急に何か思い出したような表情になり、「あそこにいらしたということは、ママに会いにきたのではないですか？　今日は留守ですけど、明日には戻ってきます。どうしましょう、連絡しましょうか」と、泰子には慈悲深く見える顔つきで言う。

「どんな家に住んでいるのか見たかっただけです」泰子は正直に言った。「それから、私がこうして会いにいっても迷惑がられないかも知りたかったし」続けながら、一代なら「ずいぶん安っぽく」作っていると言いそうなせりふを言っていると自覚し、「いえ、わからないんです、これからどう接していけばいいのか、あるいは、接してはいけないのか」そんなこと思ってもいないくせにとさらに自覚し、「あの、あのおうちのなかって、インテリア雑誌みたいにきれいなんですか、それとも散らかってるんですか」と、これだけは訊きたかったのだと妙な安堵を持って、訊いた。

「ずいぶん長いこと会っていないから、そりゃ最初はお互いに気まずいとは思いますけど、迷惑なんてあるはずないと思いますよ。まして接しちゃいけないなんてそんなこと、ないです。それからうちですけど」亜里砂はまたしても上目遣いに泰子を見、くすくすと笑い、「うち、すごく汚いですよ。お掃除の人、一週間に一度きてますけど、二日後にはもうゴミ屋敷みたい。今度ぜひいらしてください」と言った。

亜里砂は急ぐふうもなく、訊きたいことがあれば何をどれだけ訊いてもかまわない、なんなら夜になったってここにいてかまわない、と態度ぜんぶで言っているように泰子には感じられたが、家のなかがきれいか否か訊いてしまうと、次に何を訊いていいのかわからず、訊きたいことはまだあるのに、口を開けば「安っぽい」お決まりのことを言いそうな自分にも嫌気がさし、「急に声かけてすみませんでした」と言って席を立った。亜里砂はあわてて泰子を引き留め、名刺を渡し、泰子の携帯番号とメールアドレスを紙ナプキンの裏にメモした。

「またいつでも遊びにいらしてください」と笑顔で言って、木綿のワンピースの裾をふわふわとさせ、亜里砂は自転車を置いたほうに向かっていった。

あれは自分の妹であるのだと、帰りの列車のなかで泰子は考えた。考えてもまったく実感が湧かず、違和感ばかりが募り、腑に落ちない気分が怒りへと変わったように、最寄り駅に着くころにはその違和感はまたしても怒りへと転じていた。

亜里砂という小洒落た名の年若い女のあの笑みや、あのやさしさや、あの配慮や、あの上目遣いは、みな、余裕の産物なのだろうと泰子は思うのだった。経済的余裕はもちろんのこと、もっともっとはるかにゆたかな余裕である。あの馬鹿でかい西欧風の家を見て自分の感じた、ゆとり、それを全身に吸収してあの子は育ったのだ。あの子は、自分にまともな暮らしができないかもと悩むことはないだろう。だいじょうぶこわくないという言葉にすがることもないだろうし、またその言葉に苛つくこともないだろう。あの子はアート関係の仕事が、恋愛が、対人関係が、親子関係が、つまりは自分の人生が、だれかによって突然ねじ曲げられ、予想もしない方向にいくのではないかとは想像だにしないだろう。手に入れたものは永遠にそこにあり、手に入らないものをほしがることはないだろう。

嫉妬ではなかった。自分が持っていないものをあの子が持っている、そのことへの羨望や憧憬では決してなかった。それははっきりと泰子のなかで怒りだった。しかしその怒りの内訳を、泰子はうまく言葉にできず、そのことにまた苛立った。

そうしたあれこれを、話せるとしたら智以外に思いつかないのだが、しかし「よかったじゃん」と言われたときのやるせない気分を味わいたくなくて、泰子はなかなか話しだせずにいる。結局、何ひとつ話さないうちに列車は最寄り駅に着き、レジ袋のひとつは菓子の空き袋とペットボトルの入ったゴミ袋になっていた。スナック菓子を食べ過ぎて胃がもたれていた。

駅からバスに乗り換える。胸焼けしているのに、食べずにはいられず、いちばん後ろの席で窓の外を眺めながら泰子はパイ菓子を食べ、ぬるくなった水を飲む。智は、泰子と母を会わせることに緊張もしていなければ戸惑ってもいないのか、鼻歌をうたいながら携帯電話をいじっている。次第に気分が悪くなってくるが、菓子を食べ過ぎたからではないらしいことに泰子は気づきはじめている。先ほど感じていたのが、高揚ではないらしいことも。

緊張していた。これから、自分の、父の、母の、ひょろりさんの、運命を変えたかもしれない女に会うのである。パイ屑のついた手を目の高さに持ち上げてみると、ちいさくふるえている。そんなに緊張するか、と自分で自分を笑いたくなるが、しかしちっともおかしくない。

亜里砂に会ってから、考えたことがある。もし智の母がうちにやってこなかったら、この子は存在しなかったのではないかと思ったのである。そして、それが高校生のとき、いや中学生のときに考えたこととといっしょだと気づき、泰子は不思議な気分を味わった。自分が成長していないのか、それとも、智の母が私たちを操っているということはどうしようもない真実なのか。

バスを降り、智のあとを歩きながら泰子の緊張はさらに高まり、あたりの景色など見るどころではなく、もしここで智が自分を置いて駆けだしてしまったら、もう二度と帰れないかもしれないとそんな子どもじみたことを考えた。智は駆けだすことなく、だいぶ中身の減ったレジ袋をふりまわしてのたくら歩く。乾いたアスファルトに木々の影が黒々と横たわっていて、前を歩く智の後ろ姿はすっぽりと影にのみこまれたり、陽にさらされて白く発色したりしていた。

球体や円錐形、キリンやアシカといった動物、やけに丸みがかった灯籠、すべて石でできていて、大きいものは泰子の背丈ほどあり、ちいさいものは膝の高さくらい、そんなものが埃っぽい道ばたにごろごろと転がっている。ああここが石屋かと思ったとたん心臓が口からぼとりと落ちそうなほど、泰子の鼓動は激しくなった。石のオブジェの先に平屋建ての家があり、引き戸を開けて、こんちはー、こんちはー、と叫んでいる智の後ろ姿を泰子は凝視した。

石屋は、丸顔の、禿頭の、人のよさそうなおじさんだった。ランニングシャツに汚れたジーンズをはいて、客間らしい和室にあぐらをかき、智と泰子を交互に見てにこにこしている。そうしてその隣に、直子はちんまりと座っている。泰子は吸い寄せられるように彼女を見、視線を外すことができない。直子はうつむいて自分の指先をいじっている。開け放たれたガラス戸の向こうには縁側があり、その先に庭があった。庭にも石でできたさまざまなかたちのものが放置してある。

「宗田さんの話、こないだしましたけど」智が口火を切る。

「ああああ、ああああ、隣の駅に住んでるっていう」

「それで本当に捜索願い出しそうな勢いなんで、あの、ここに連れてこようかと思うんだけど」

「まあでも、ここに連れてきたってしかたあんめえべ。この人だって犬猫じゃないんだから、自分の気持ちでここにいるわけだからさ」

「そらそうなんですけど、だから、この人自身が、自分の気持ちでここにいるってことを、宗田さんに説明したほうがいいと思うんスよ」

「でもなあ、ここにっつったってなあ、ここに連れてこられても、こっちもなあ」

「じゃなかったら、宗田さんちにとりあえずいって、説明してくるとか」

「あああああ、それでもいいけんど、でもよう、何もわざわざ出てきたところにいかなくてもいいんでねえの。一筆書くとか、電話入れるとか、そういうのでいいんでねえの」

「じゃあ、一筆書いてよ。おれ、持っていくから」智が直子に言う。

泰子はうつむいて一向に顔を上げない直子を凝視し続けた。

ごくふつうの、初老の女だった。ごくふつう、というのは、泰子がスーパーアキダイで接客しているような、という意味である。首まわりののびた、色あせた、息子や娘のお下がりらしいTシャツを着て、ウエストがゴムのズボンをはいて、自分で染めたのかムラのある茶色い髪は傷みがひどく、手の甲には染みがあり、顔には年齢に相応な皺がある、そういう女。触るなと書いてあるのに桃に触れてやわらかさをたしかめ、牛乳パックの日付を調べて奥から新しいものを取りだし、やっぱり要らないと思った鯵《あじ》を精肉売場に戻し、食べもしないアメリカンドッグを詰め放題の袋が破けるまで詰めこむ、どちらかというと見なりや人の目をかまわない女。年齢より若く見えるどころか老けて見え、若いころはさぞや美しかっただろうなと思わせる面影もない。ただのおばさん。もう少しすれば、たぶんただのおばあさんになるだろうと泰子は考える。妻から夫を奪うようには見えず、また、父に恋した女を死に追いやるようにも当然見えない。

ノーブラらしいたるんだ胸のあたりや指や、皺のある首や薄い耳たぶや、そうした細部をいちいち見つめてみるが、しかしどこにも見覚えがない。幾度も抱きついたし、添い寝もしてもらったし、その体温ややわらかさはまだ覚えているというのに、この女だという確証すら持てない。そのことに、泰子は焦る。

「一言でいいから、なんか書けばいいべさ」

「うんそうだよ、書いたらいいよ、今までありがとうございました、でもいいじゃん。あと携帯もあったろ、宗田さんに持たされてたやつ。それも返したほうがいいよ」

「そうそう、そうそう、返したほうがいい。新しいのはおれが買ってくっからよ」

「宗田さん連れてこようと思ったんだけど、ここで揉めてもあれだし」

「そらそうだ、こっちだって知らない人を連れてこられたって」

「でも向こうだって向こうの言いぶんがあると思うんですよね、ずっとただで住まわせて、ごはんも食べさせてきたわけだし」

「そらそうだ、だからほら、ナオちゃん、一筆書きなよ、この人が持っていってくれるから。あんた、あっちいったらこんどはこっちに帰ってこないだろ」

そうか、この男は、直子をここから出すのがいやなのか、べつのどこかに居着いてしまうのがこわいのか、と思い、泰子は不思議な思いで石屋のおじさんを見る。直子は犬猫ではないと言っておきながら、自分だって犬猫のように接していることに、気づいていないようである。

「あの、どうしてこの人をここに連れてきたんですか」

言葉を選ぶより先に、訊いていた。突然発語した泰子を、直子が上目遣いにちらりと見る。

「どうしてって、いやいや、駅でね、駅のベンチに座ってね、こっちが太平さん、太平さんって食堂よ、太平さん入ってカツ丼食って出てきても、まだそこに座ってる。こらわけありだって、声かけて、太平さんにまた戻って、なんでも好きなもの食べなっつったら、この人、ラーメンと鯵フライ定食平らげてよう」石屋はそこでのけぞって笑った。智も笑う。直子は笑わない。「よほど腹減ってたんだべ、気の毒に。そんで、いくとこねえならうちこいって、軽《けい》に乗せて」

「この人じゃなくても、連れて帰りましたか」泰子は重ねて訊く。

「はあ？　この人じゃなくてもってどういう意味だべ」

「今までもそうやってほかの人を連れて帰ったことがあるんですか、その、困ってるように見える人を」

「連れ帰ったことはねえけどよ、おれはそういう質《たち》だから。困った人を放っておけない質だから。もうそらね、子どものときからそうなのヨ。かあちゃんによく言われたんだ、オメエ悪い人にだまされんなって。そんな人よくっちゃいつかだまされんぞって」ちゃぶ台に置いてある布巾をつかむと、石屋はそれでぐるりと禿頭を拭いて、また笑った。

おそらく、石屋はわかっていないのだろうと泰子は思う。何を訊いても自分の知りたい答えは返ってこないだろうと早くもあきらめ、口を閉ざす。

おそらく自分の父もこんなふうだったろう。直子が困っているように見えたのだ。だから助けようと思って食事を奢り酒を飲ませ金を与え、そうして最後は母を追い出してそこに直子を住まわせた。父はそれを恋愛感情と勘違いしただろう。実際多くの男たちがそうだったろう。おそらくついこのあいだまで。恋だ愛だという年齢ではなくなりつつあって、ようやく直子をとりまく人々はその勘違いから解放されたのではないかと泰子は考える。この、若くも美しくもないただのおばさんを放っておけないのは、恋をしたからだとは彼らは考えまい。それはどれだけ彼らを楽にしたことだろうか。

父を含めいったいどれほどの人が、恋愛と勘違いした何かに、人生の変更を余儀なくされてきたのだろうと考えて、泰子は一瞬、気が遠くなる。

「あの、父のことを覚えていますか。私、辻井と言います。辻井泰子です、あの、茨城の」

直子に向かって言うと、直子は顔を上げず畳に身を伏せて「いやあ、もう、ほんと、すみません」と、弱々しい声で言う。

「いえ、あの、そういうんじゃなくて、覚えているかどうか、訊いたんです」

しかし泰子が言い終わるより先に、

「いやあ、もう、本当に、なんと言っていいやら。申し訳ありません。どうぞ、どうぞお許しください」とくり返す。一方的にいじめているような居心地の悪さを感じて泰子は黙る。

「ほらナオちゃんもういいべさ、もういいってこの人言ってるから、顔上げて、ほれ、これ、ペンだ。紙も持ってくっから」石屋は立ち上がり、壁に押しつけられた食器棚の引き出しから、表紙の色あせた便箋を持ってきてちゃぶ台に広げる。石屋と智にせかされて、直子はしぶしぶといったふうにボールペンを持ち、ちゃぶ台に身を乗り出す。のぞきこむ二人に「季節の挨拶を入れるんだよ」「そんなのいい、いい、前略でいい」「あっ、全部の略じゃないってば」とやいやい言われながら背を丸め文字を書きつける直子は、泰子に、居残りを命じられていた幼い自分を思い出させた。

智が手紙を受け取ると、もう話すこともなくなり、なんとなく気まずく四人で和室に座っていたのだが、

「じゃ、これ、届けてくる。ここのことは宗田さんには言わないから。あ、携帯も返すんだっけ」

智が立ち上がり、あわてて泰子も立ち上がった。

「まあまあ、おかまいもしませんで」

石屋も立ち上がり、直子は奥の部屋から携帯電話を持ってきて智に渡した。

「すみませんが、じゃあ、母をよろしくお願いします」

智は玄関先で頭を下げる。泰子もなんとなくいっしょに頭を下げた。頭を上げた智を横目で見ていると、石屋に向けた顔に気の毒そうな表情がさっとよぎり、ああ、直子が遠からずここも出ていってしまうことを知っているのだなと泰子は思う。

石のオブジェが並ぶ道を、引き返すように歩く。時刻表の数字が剝げて見えないバス停でバスを待つ。夏はまだ先なのに、汗ばむような陽気だった。

「宗田さんちにこのままいくけど、泰子ちゃんもつきあってくれる？」

「電車で一駅でしょ。いくよ、見てみたいし」実際、宗田という男も見てみたかった。直子を拾ったもうひとりの男。

「ああ、よかった。なんかおれら、今日高校生みたいだよな。デート中の」

「ばっかじゃないの」

泰子は道の先に目を凝らすが、バスどころか乗用車一台通らない。

さっきまで全身を覆っていた緊張は、もうすっかり霧散していた。まったく見覚えはなかったが、しかし実際に直子に会って、直子に対する気持ちが変わったことに泰子は気づく。憎いとか、腹立たしいとか、もともと明確な感情を抱いていたわけではない。けれど、あの女が家にこなければ、という仮定をさんざんこねくりまわしたのはたしかだった。今まで何千とくり返した「もし」は、今や、直子に対する強い興味に変わっていた。石屋のおじさんのいないところで、それから智もいないところで、直子とゆっくり話してみたかった。今日はまるで意思のいっさいを捨てたように押し黙ってうつむいていた直子だが、思うことはあれこれあるはずだ。父のことだって何かしら覚えているに違いない。

さっきはあたりの光景もたしかめずに歩いたが、泰子は周囲をぐるりと見まわす。もう一度、今度はひとりでここにくるのだ。直子と言葉を交わすのだ。そう思うと、今まで泰子のなかではち切れそうだった怒り、腑に落ちない気分から転化した怒り、亜里砂に会って感じた正体不明の怒り、それらも不思議と蒸発していくように感じられた。泰子は目を開いて、見る。国道沿いに植えられた木々、バス停前に建つカーテンの閉ざされたパン屋、埃っぽい道、道沿いの崩れた祠《ほこら》と、やけに真新しい前掛けをつけた二体の地蔵、バス停の「横里七丁目」という文字、眺めている光景がぐにゃりとゆがみ、思わず泰子はしゃがみこむ。苦くて酸っぱいものがこみ上げてきて、陽にさらされたアスファルトに向かって大きく口を開く。開いたとたんあふれるように吐瀉物が流れ出た。

「うわあ」智の声が遠く聞こえる。「うわあ、どうしたの、菓子の食い過ぎじゃねえの」べしゃべしゃとアスファルトに跳ね返る吐瀉物を見る泰子の頭に、不吉な予感が一瞬よぎる。妊娠してたりして。吐くものがもうないのに泰子は口を開け続け、舌の上を唾が伝って落ちていくのを忌々しげに眺めた。まさか。まさか。まさか。予感を必死に打ち消す。直子の笑った顔など見ていないのに、若くも美しくもない、どこにでもいる女が、こちらを見て笑っている気がした。

ごくふつうの家庭、というものを知らないわけだから、なぜそれがよいものであると思うのか、智にはわからない。でも、よいものであると無意識に信じている。

テレビの影響だろうか。大家族が毎回喧嘩して、四十五分後にはかならず仲なおりするホームドラマを直子とよく見ていたのは、どこの家だったろうか。それともコマーシャルだろうか。コマーシャルの家族はみんな四角いテーブルに向き合って座って、コーヒーを飲んだりビールを飲んだりする。もちろん智は、家族——といっても母と居候させてくれる家主——と喧嘩などしたこともなく、だから仲なおりというものもしたことがなく、四角いテーブルでその家の構成員全員と向き合って、同じものを飲んだり食ったりしたこともない。それがどういう気分のものなのかわからない。けれど、自分がその場にいるのを想像すると、どういうわけかあまやかな気持ちになる。家族とともに笑っている自分は、良きことをしている、まったきことをしている、すこやかなことをしている、と。

直子が、あんたのところにいこうかな、と言ったとき、石屋とも気まずくなったか、宗田さんと石屋が揉めごとでも起こしたのか、ともあれまた逃げ出そうとしているのだろうと、智にはすぐにわかったが、それでもうっすらとあまやかな気分になった。一間しかない安アパートにやってくるのは、厄介ではなく良き何かであると思えるのだった。いいよいいよ、いつまでもいるといいよ、と智は電話をかけてきた直子に言った。

　預金残高がいよいよ少なくなりはじめ、またこのところの泰子騒動で、麻里ともしばらく会っておらず、以前のように小遣い銭を都合してくれる女もいなかったから、智は先月半ばから居酒屋でアルバイトをはじめていた。

　直子はじとじと雨の日の午後、東京駅に着いた。十分遅れで智が待ち合わせた構内の飲食店にいくと、直子は背を丸めてビールを飲んでいた。荷物は膝にのせたボストンバッグだけで、もちろんそれは長いこと直子が持ち歩いていたそれとは異なるのだが、ともに移動していた幼いころを智は思い出した。

「荷物、それだけ」と、ホームに向かいながら訊くと、

「またすぐ、帰るからさ」と、直子は言った。帰るというのは宗田さんのところなのか、それとも石屋なのかと考えつつ、

「いいよ、べつにずっとうちにいたって」と、智は言った。ぶっきらぼうな言いかたになった。

　エスカレーターを上がり、ホームに降り立つ。雨で光景が霞《かす》み、カプセルのなかにいる

みたいだった。並んで電車を待つあいだ、めまいを覚えるほどの強い既視感に智は襲われ、戸惑う。あわてて自分の開いた手を見る。それが、皺の薄い、子どものちいさな手のひらではないことに安堵する。電車がすべりこんできて、まばらな乗客とともに乗りこむ。空いた席にまず直子を座らせ、隣に自分が座る。直子は膝にボストンバッグをのせている。

本当は、覚えていない。いつだって直子とこうして二人、流れるように移動ばかりしてきたけれど、じゃあ何歳の、どこへ向かうとき、並んでホームに立ったのか。そのとき晴れていたのか曇っていたのか。自分は何を着ていて、何を思っていたのか。そんなことは何ひとつ覚えていない。ホームにいたのか否かさえも定かではない。でも、さっき、智は思い出したのだった。幾度も幾度もこうして母親と横に並び、自分たちをどこかに運ぶ乗りものをじっと待っていたことを。

電車が走り出す。隣に座る直子からは淡いアルコール臭が漂っている。

連れこんだことのある多くの女たちのように、直子は部屋をくるくる見まわしたりしない。まるで最初から知っている場所であるかのように、すうっと上がり、すうっと隅に座る。座ったとたん、そこが今までずっと直子が座るべき場所だったように思える。どこでもそうだったと、これもまた、智はうんざりするくらい色濃く思い出し、部屋の隅に座った母親のために、冷蔵庫からペットボトルを取りだす。昨日、バイトの帰りに寄ったコンビニエンスストアで、今日のために買ったものだった。

何か話そうかと思うが、何を話すべきか智には思いつかない。直子もじっと座って、こたつテーブルに置かれた、じわじわと水滴のにじみでるペットボトルを見つめている。雨の音が入りこんでくる。しかしその沈黙の気まずさも、すぐに部屋の空気に馴染んでしまう。直子にはそういうところがある。沈黙を気詰まりに感じさせないところが。それは自分が息子だからそう思うのか、それともだれもが、辻井さんや宗田さんや石屋や、今まで自分たちを世話してくれたすべての人たちが思うことなのか、智にはわからない。

「もうちょっとしたらおれ、仕事だから」バイトと言わず仕事と思わず言った、自分の見栄に智は気づくが、なんの仕事かともちろん直子は問わない。ただ顔を上げ、惚《ほう》けたような顔で息子を見る。「これ、鍵。合鍵作っておいたから、いつ出かけてもいいよ。コンビニはさ、さっききた道、ここ出て右曲がった通りにある。スーパーはもう少し駅寄り。駅のあたりは食堂も飲み屋もたくさんあるから。あ、金、あんの？　これだけ渡しとくわ」

智はポケットから千円札を出し、三枚渡そうとして、やめ、二枚、皺を伸ばして渡した。

「ああ、すみませんねえ」

他人に言うように、直子は言った。

バイトに出る時間まで、一時間近くあった。智はごろりと横になり、リモコンでテレビをつけた。見たくもないワイドショーを見る。直子を盗み見ると、直子も口を薄く開けてテレビに見入っている。部屋を撫でるように雨の音が続き、智は眠ってしまいたくなる。眠いのではなく、今部屋に充満するものを動かしたくないのだった。

結局、出かけるまでずっとテレビを眺めていた。番組の終わりを告げるテロップが流れはじめて、智は立ち上がる。じゃ、仕事いってくる、と言うと、直子は今まで眠っていたような顔で智を見上げ、ああ、うん、と言った。

駅に向かって歩きながら、智はジーンズの尻ポケットから携帯電話を取りだし、片手で操作して泰子に電話をかけた。留守番電話が答える。機械の声が話しているあいだに、録音すべきことをまとめようとしてみるが、しかし、母親が家にきていると泰子に伝えてどうなるのかとも思う。会いたいと泰子が言うとは思えない。ぴー、と録音開始のサイン音がし、智は仕方なく通話終了ボタンを押す。そもそも、泰子は直子のことをどう思っているのか、今ひとつわからない。石屋にいっしょにいくと言いだしたのは泰子だが、単に直子を見たかったのだろう。自分の運命を変えたのかもしれない女を。実際の直子に会ったのちの感想なり印象なりを、智は聞いていない。菓子の食べ過ぎで突然吐いた泰子は、帰り道ずっとぐったりしてろくに口もきかず、会ってみてどう思ったかと訊いても答えなかった。あれから一度だけ電話で話した。アルバイトをはじめたと智は泰子に告げたのだが、あ、そう、と泰子はつれなく、結婚はどうなったのかと訊いても、あんたに関係ないでしょうとあっさり言われただけだった。

携帯電話をポケットにしまおうとして、しかし智は思いなおし、麻里に電話をかけた。麻里はすぐに出た。電話の向こうが静まり返っているから、家だろう。五年、いや、今年で六年、性交渉のない夫と麻里が暮らしている家。それとも自分と会わなかった数ヵ月のあいだに、性交渉があったかもしれないが。

何してた、と訊くと、爪、塗ってた、と、眠たそうな声で麻里は答えた。

「おふくろがきてるんだ、今」そう言ってから、ああ、このことをおれはだれかに言いたかったのだなと、智はようやく気づく。

「へえ。親、いたんだ」わきを通り過ぎる車のクラクションが、その後の麻里の声を消す。

「親、いなくてどうやっておれだけいるんだよ。しばらくうちにいるみたい」

「ふうん。三十過ぎて、いっしょに暮らすわけ」

「暮らすわけでもないけど」

「会う？」それで電話をしてきたの？　と、訊いているらしい。

「会いたいけど、おふくろ、きたばっかだから。また電話する」

「わかった。じゃあね」麻里は言って、先に電話を切った。

電話を切って見上げると、水滴のびっしりついたビニール傘の向こうに、濁った屋根のような空がある。

アルバイトは四時から十一時までである。バイト仲間の、といっても十近くも年下の女の子に誘われ、アルバイトが退《ひ》けたあと近くのラーメン屋で醤油味のラーメンを食べながら彼女の恋愛の悩みを聞き、話の終わらない彼女の、ファミリーレストランへの誘いを明日早いからと断って、智は駅へと走った。

明日の朝食にと、いつもは食べないパンやヨーグルト、牛乳をコンビニエンスストアの買いものかごに入れ、直子のために、歯ブラシとペットボトルのお茶、おにぎりを買う。直子はとうに寝ているはずだが、アパートにだれかいると思うと、何か気持ちがゆるんだようになるのが不思議だった。恋人ができて、その恋人がシチュウだの煮物だの作って待っているのとは、異なる「ゆるみ」なのである。

部屋の明かりはついていた。鍵を開け、ドアを開けると、意外にも午後と同じ位置に直子が座っている。まったく動かなかったように見えるが、しかしどこかに出かけた証拠に、部屋じゅうにカレーのにおいが漂い、直子の前には焼酎の徳用ボトルがある。

「おかえり、お疲れだったね」鼻の頭の赤い直子が笑顔を作って言う。

「いやいや」へんな返答だと思いながらドアを閉め、部屋に上がり、狭苦しい台所のガス台に置かれたアルミの鍋の蓋を開ける。確認するまでもなく、カレーである。「作ってくれたんだ」

「ああ、腹、減ってるんだろうと思ってさ」

炊飯器を開けるが、空である。「ごはんは?」訊くと、

「だから、カレー」と答えが返ってくる。

「あ、そうか」智は言い、あたためなおすこともせずカレーを皿によそい、冷蔵庫からビールを取りだして、直子の斜め向かいに座る。プルトップを開け、「どうも」焼酎の入っている直子のコップに軽くぶつけ、その行動にいきなり照れて、耳が熱くなるのを感じながら半分ほど飲み、冷えたカレーを掻きこむように食べる。人参も、じゃが芋も、生かと思うほどかたかった。肉でなく、厚揚げが入っていた。ルーを使ったのだろうから失敗するはずもないが、しかし奇妙に酸っぱいカレーだった。醬油ラーメンで腹はいっぱいだった。けれど智はスプーンを止めることなくそれを食べた。

「久しぶりだね、二人なんてさ」直子はずいぶん酔っていて、「二人なんて」が「ふはりはんて」と聞こえた。

「そうだな」直子の手料理を食べたことがあるか、智は記憶をさぐるが、思い出したのは、千葉で暮らしていたときの、大柄な女家主の作る芋の天麩羅だった。

「なんかこういうのもいいねえ、二人きりで、静かでさあ。なんだか、昔を思い出すよ」上半身を前後に大きく揺すりながら直子は言い、こたつテーブルに顔をのせたとき、つーと透明なよだれを垂らした。それを拭うこともせず、にこにこと微笑んでコップを口に運ぶ。

「昔って、千葉？」人の出入りが多かった家を出て千葉の内陸に引っ越したときは、直子と二人で暮らしていた。直子がふらりと家を出るまでは。

「いんや、もっともっと昔。あの人と、あんなふうなちっこい」ここでよだれをすり上げ、直子は台所を指す。「ちっこいところで、魚煮たり、菜っぱ切ったり」

「あの人ってだれ。結婚相手？」

「いんや、私結婚したことない」にまにまと口元をだらしなくゆるめ、直子は言う。

「え、おれの父親と、じゃ、入籍しなかったわけ」

「してないしてない」徳用ボトルから焼酎をそそぎ、ごぶりと飲み、直子は片手をふった。

「でもいっしょに暮らしてはいたんだ」

「ま、あっちが逃げ出すまではいっしょだったわな」ケケケ、と笑い、直子の口の端から、また透明の細長いよだれが垂れる。

　今ここで酒を飲んでいる女にも、赤ん坊だった時期があり、子どもだった時期があり、学校に通った時期があり、娘だった時期があり、恋をした時期もあり、男と暮らしたり逃げられたりした時期もあったのだと、今さらながら、しかし拳固で鼻っ柱を殴られたような強烈さで、智は気づく。直子がどこでどんなふうに成長し、自分を産むに至ったのか、さほど興味を持ったこともなく、何ひとつ訊いたこともない。千葉の小学校に通うころ、自分たちは人んちと違うと知り、父親はどこにいるのだと直子に訊いたことがあるが、事故で死んだだの遠い国で戦争しているだの人にうつるおそろしい病気で隔離されているだの、その都度言うことが違うので、小学校を卒業するころには直子を信じる気もなくなっていた。

でも今、智は唐突に知りたくなった。直子は最初から直子だったのか。それとも直子は直子になったのか。

今なら訊けばなんでも答えそうな気がする。しかも酔っぱらっていて、事実と違うことを捻出する知恵もなさそうである。空のカレー皿を流しに運び、

「おふくろってちゃんと学校いったわけ？」

と、そんなところから智は訊いてみた。

久しぶりに会った泰子は少し膨張しているように見えた。そして不機嫌だった。きっと長梅雨で雨ばかりだからだろうと智は思い、

「ま、やまない雨はないっていうしさ」

と、並んで歩きながら言ってみた。はあ？　と泰子は不機嫌な声を出し、国道沿いの、どう見ても閉店している飲食店に足を向ける。

「え、泰子ちゃんちにいくんじゃないの」

「雨のなか、歩くのやだ」泰子は言って傘を畳み、ささくれだった木製ドアを開けた。カウベルが鳴り、薄闇のなか、テレビが四角く光っている。営業しているらしい。

窓際の席で向かい合う。カウンター席に、ぱんぱんの布袋を思わせる、巨体の女がひとり座って漫画雑誌を読んでいる。脂で薄汚れたエプロンをかけた初老の男が、注文をとりにくる。コーヒー、と泰子が言い、二つ、と智が言うと、「コーヒー二丁！」と、だれに向かってか大声で叫び、カウンターの内側にまわった。窓の外を眺めても、景色をふさぐように雨が降っていて、通りを走る車すら見えない。テレビをちらりと見ると料理番組らしき映像が映っている。

「そんで数えてみたら二週間弱なんだけど、おれ、もう限界でさ。あれ、なんだったんだろうな、最初、わくっとしたような気持ちは。なんだったんだろうな、あれは」

泰子は智を見ず、うつむいて煙草をくわえ、火をつける。

「あれ、煙草吸ったっけ。ま、いいや。おれも一本ちょうだい。ライター借りるね。それで、おれ、ちょっと思うんだけどあの人アルコール依存とかじゃないかな。もしかしてマジでやばいかもしんない」

ここにくるまでしていた直子の話の続きを智ははじめたのだったが、泰子は聞いているのかいないのか、何も見えない窓にぼんやりと視線を向けて、煙を吐き出している。

陶器どうしのあたる音とともに初老の男が近づいてきて、「おまた！」と叫び、コーヒーをテーブルに置く。手が震えていて、コーヒーはどちらも少しソーサーにこぼれた。

「石屋のおじさんはさがしてないの」聞いていないのかと思ったが、泰子は質問した。

「おれの部屋にいることは伝えたから、ときどき電話くるよ、元気かって。おれの携帯に。喧嘩したとかじゃなくて、なんか嫌になったんだろうな。まあ、うちもすぐ嫌になって、帰ってくれるか、またどっかいってくれるといいんだけど」

泰子は顔を上げ、正面から智を見据える。智は鼻から煙を吐き出し、おどけた顔で見返すが、泰子は笑わない。

「ねえ、本当に心からそう思ってるわけ？　そういうのがさ、ふつうなわけ？」

「そういうのって？」智は訊く。チャンネルが変わったのだろう、テレビの音声ががらりと変わる。

「ふらっとどっかいけばいいって？　あんたはさ、生まれたときからあの母親とそんなふうな暮らしだからわかるけど、そもそもあんたの母親は、あんたが生まれる前からずーっとそうだったわけ？」

よくぞ訊いてくれましたといわんばかりに、智は膝を打った。泰子の抱いている疑問は、ちょうど直子がきた日の夜に、自分が抱いたものとよく似ていた。母になる前の直子。コーヒーを一口飲んで身を乗り出し、智は酔った直子から聞いた話を総合し、話しはじめる。

終戦後の食うや食わずの時代、名古屋の金物屋に勤めていた直子の父は妻子を連れて東京に出、バタ屋をはじめた。智はバタ屋が何か知らなかったが、古紙古布古藁、屑鉄屑アルミを回収し、転売する職業らしいと、ろれつのまわらない直子の説明で理解した。要するに廃品回収だ。なぜ金物屋を辞めバタ屋などはじめようという気になったのかわからないが、そもそも祖父に会ったことがない智は、きっとその理由を筋道だてて聞かされたところでぴんとはこないだろうと思った。

「あんたの感想はいい。で？」泰子は先を急かす。

直子は地名を覚えていなかったが、浅草寺や荒川や寅さんという単語がよく出てくるところから想像するに、台東区や墨田区や葛飾区のあたりを、一家は移り住んでいた。直子には兄と妹がいたが、妹は一歳になる前に、兄も中学に上がる前に病気で死んだと直子は言った。一家は貧しい生活を余儀なくされたのだが、直子はどこにいっても人に好かれ、食べるものをもらったから、空腹を感じたことは一度もないそうである。

「なんでそこでいきなり主観的な話になるのよ」

「だって本人の回想だから、美化されてもいるんだろうよ」

直子の父は、直子が中学に上がった年に出奔《しゅっぽん》した。とはいえ実際は、隣町に住む女の住まいに転がりこみ、その女に食べさせてもらっていたのだが、直子の母は離婚するでもなく、女と対決しにいくでもなく、昼は食堂に働きにいき、夜は洋裁の内職をして直子を養ったそうである。中学二年のとき、少しでも母に楽をさせたくて、直子は喫茶店でアルバイトをはじめ、するとたちまち客が増えて、店主は直子を手放すことを嫌がった。それで直子は、高校にはいかず中学卒業後、その喫茶店で正社員のように働きはじめたのである。

私はそういうアレなのよォ、ほら、がらーっとした食堂に、私が入ると急に混んだりするでしょ。もうどこいってもそうなわけ。と、酔った直子は説明していた。そうして直子が十七歳のとき、父親がふらりと帰ってきて、また三人暮らしに戻る。しかし三人で暮らしたのは一年足らず、翌年に父親は亡くなる。肝臓をやられてね、と直子は言った。

十八歳のとき、喫茶店の客に誘われて、新橋にある造船会社に勤めるようになる。喫茶店の客はその会社の社長で、何を思ったか費用まで出して直子を夜間の簿記学校に通わせ、会社の経理を任せたそうである。

「あの人に経理ねえ」泰子は鼻を鳴らして笑った。

智もその話を聞いたとき、嘘ではないかとあやしんだ。喫茶店が直子のおかげで繁盛したというくだりは充分あやしく、たんに勉強したくないから高校にいかなかったのだろうと智は推測するが、その後、直子の口から「喫茶店の客」と出たとき、ああそいつと駆け落ちか何かするのだろうと思ったのに反し、直子は簿記二級の資格まで取り、その会社では十年も働くのである。「はやりのBGだよ、帰りは銀ブラしてさ」と自慢げに直子は語った。

直子が会社を辞めたのは、智を産むためである。二十四のときに言い寄られるかたちで社員と交際をはじめた。男が妻帯者であったことは知っていたが、関係を終わらせることはできず、一年後、直子は妊娠した。男に土下座され、直子はその子どもを堕胎している。二年後にもう一度同じことがあり、三度目、直子は何がなんでも産むと言い張り、会社も辞めた。

でもあっちには子どもがいなかったんだからさ、生まれたら別れるだろうと思ったんだよね。相手だって、待ってくれ、ちゃんと別れるからってずうっと言ってたんだもン、と直子は言った。

その男は直子の母親にもそう挨拶にきて、東陽町に部屋を借り、直子を住まわせたそうである。そうして一週間に数度、訪ねてくる。直子が二十九の年で産んだのが、智である。智が生まれると、しかし男はぱたりとアパートにこなくなり、連絡も途絶えた。かつての勤め先にさりげなく連絡してみると、男は数ヵ月前にその会社を辞めていた。直子は赤ん坊を連れて母のもとへ帰り、昼は子守、母が内職をする夜は赤ん坊を預けてスナック勤めをした。直子の母がくも膜下出血で亡くなるのは智が二歳のときで、幼い子どもを保育所に預けて働かなくてはならないという矢先、スナックの客に交際を申しこまれ、その半年後には、母と住んでいたアパートを出て中野区にある男の部屋でともに暮らしはじめる。

そこからは、智のよく知っている直子である。中野の次は小机だし、小机の次は茨城だ。つまり直子が浮き草のように各地を転々とするのは縁者がいなくなってからである。それ以前はそんな気配もない。もし造船会社の男に妻がおらず、あるいは言葉通り別れ、直子が妻の座におさまっていたら、案外ふつうの生活をしたのではないかと智は想像した。朝は夫より早く起きて朝食を作り、夫を見送り子どもを見送り、掃除や洗濯をし、テレビを見ながら煎餅をかじって夕飯の献立を考えるような、そんなふつうの。史恵が言った意味での「ふつう」の。くり返しの。

それにしても、出産前の直子と、出産後の、つまり智の知っている直子とが、うまくつながらない。智のよく知っている直子らしいエピソードといえば、祖父が計画もなしに上京したくだりだけで、でもそれは祖父であって直子ではない。何回か話を聞いたが毎度直子は酔っていて、しかも昨日が千葉時代の話だったら今日は自身が小学校に入ったときの話と、時間も順序もばらばらだから、接合部分がごっそり抜け落ちているのかと思うが、そんなこともなさそうである。同じ疑問を泰子も抱いたようで、

「なんか、案外まともね」とつぶやいた。「めちゃくちゃになったのはあんたが生まれてからなんだね」

智はコーヒーを飲んだ。冷たくて、酸っぱくなっている。急に空腹を覚え、薄暗い店内の壁に目を這わせるが、メニュウらしきものは貼り出されていない。

「すんませーん、食べるものありますか」とカウンターでテレビを見ている初老の男に訊くと、

「レトルトのカレーならあるよ！」と、男は必要以上の大声で言った。

「じゃ、それください」智が言うと、「私も。あとコーヒーおかわり」と、泰子が続けた。

カウンターの巨体の女は、まだ同じ姿勢で漫画雑誌を読んでいる。もしかしてそういう置物だろうかと智はまじまじと見つめたが、数分のちに女は漫画のページをめくった。

「何が直子を変えたと、この場合考えるべきなんだろうね。造船会社の不倫男っていうのが妥当だろうけど、でも、もしかしてあんたの存在なのかもしれないし、もしかしたら中野の男かもしれない」

それは智も考えたことだった。直子はなぜ直子になったのか。そのきっかけはなんだったのか。造船会社の男と結婚していれば、ふつうの主婦になっていたかもしれないが、それと同様、身ごもっていなければ、ふつうに勤め続けていたかもしれず、中野の男に出会わなければ、人はそうそう衣食住を世話してくれるものではないともっと心身で理解したはずである。もしかしてこういう考え方自体が、おかしいのかもしれない。何か、人なりできごとなりがその人の人生を決定的に変えたり、生き方を決定的に変えたり、考えを決定的に変えたりする、なんてことはないのかもしれない。

「何が知りたいのか、わかんないんだけど、なんだか、今の話聞いてたら、ますますわかんなくなって、ますます知りたくなった」

「えーと、何を？　何を知りたくなったの？」

泰子は斜め上を見据えてしばし考えたあと、

「あの人は私の人生に関与したのか否か、ってこと、なんだと思う、結局は」と、言った。それから斜め上をにらみつけるようにして何か考えていたが、「ねえ、あんたも父親をさがしてみたら」と急に言う。

「何それ」じつは自分もちらりと考えたことではあったが、思いもよらないというふうに智は笑った。

「テレビでさ、さがしてみたら。テレビの人の名刺、私まだ持ってるよ」

「見つかってもまず出てこないだろうな。だって認知もしてないんだぜ」

一瞬泰子はあわれむような顔で智を見、口をへの字に曲げる。まず出てこないであろう生物学的父親を、智はしかし見てみたかった。泰子の言葉を真似るなら、そいつは直子の人生に関与したのかどうか、知りたかった。

カレーが運ばれてくる。智と泰子は黙って食べはじめた。あたためる時間が足りなかったのか、カレーのルーを黄色い脂が縁取っていて、ごはんはところどころかたまりがあった。ぬるいな、と言おうかどうしようか一瞬迷い、結局何も言わずに智は食べ続けた。泰子も黙ったままかちゃかちゃとスプーンだけを鳴らした。直子のカレーよりはよほどおいしかった。

「結婚、どうなったの」

五分もせず食べ終えて、水を飲み、智は訊いた。泰子は顔を上げずカレーを食べ続け、

最後の米粒まで食べてから、二杯目のコーヒーにミルクを入れ、執拗にスプーンでかきまわす。しばらくしてから、

「ぽしゃった」と、つぶやいた。

「え、なんで」

「姦淫したから」

「え、なんの会員？」

「カインじゃない。結婚を約束した人がいるのに別の人と肉体関係を持つって意味の、姦淫」

え、だれと、と言おうとして、自分とだと気づき、智は笑いそうになる。

「ばれたの？」声をひそめて訊くと、

「ばれてないけど」まだ泰子はスプーンでコーヒーをかきまわしている。「妊娠したから」

ええ⁉　と叫んだつもりが、ひええ、と声が出た。カウンターに目をやると、巨体の女はまだ漫画を読んでいて、こちらを向いていた初老の男はあわてて顔をテレビに向けた。智は泰子の腹を見る。嘘ではないかと思うほど、何も変化がない。性交したときの、すべやかな泰子の腹を智は思い出す。

「あの、それ、あの、もしや、あの、おれの？」

泰子は答えず、窓の外に目をやった。つられてそちらを向くと、まだ雨は降っている。

さっきより雨足は弱まっていて、通りを行き交う車が霞んで見えた。電信柱と、傘をふりまわして通り過ぎていくレインコートの男の子も。

「私はあんたたちに二度、人生変更を余儀なくされたように思ってしまうんだけど、でも、本当はそんなことないのかもしれないって、さっきの話聞きながら考えてたの」

窓の外を見つめたまま泰子は言い、執拗にかきまわしていたコーヒーには手をつけなかった。


泰子の家に泊まるつもりで、アルバイトはあらかじめ休んでいたのに、泰子はかたくなに拒んだ。駅まで送ってあげるから帰んな、と子どもを諭すように言われ、ともに駅まで歩き、駅で別れた。

「子ども、どうすんの」と訊くと、

「わからない」と答える。

「産みなよ」と、違和感しかないのに口にすると、

「意味わかんないね」と泰子は笑い、手をふって背を向けた。一度もふりかえらずに歩いていく。

東京に向かう列車のなかで、智は考えようとする。子どもができた。どうやら自分の子どもである。それが今、すでにいる。泰子の腹のなかにいる。一年足らずでこの世に出て

くる。

ふいに、腑に落ちる。違和感のなかに一筋光が射す。いっしょに暮らせばいいのだ。そもそも泰子にはいっしょに暮らそうと言ったではないか。愛の告白ではないにせよ、たのしく暮らせるような気がすると言ったではないか。泰子といっしょに眠る日々なら現実味を持って思い浮かべることができるのだ。

あなたにはふつうのことができないと史恵は言った。馬鹿だな、かんたんなことなのに。子どもができて、あの泰子の家に引っ越して、近場で仕事をさがして、そうして日々がはじまれば、即それがだれしもがやっている「ふつう」になる。できる、とか、できない、とかいうことではない。

まだ何も手にいれてなどおらず何ひとつ決まっていないというのに、智は必要なものを必要なだけ持ち得たような気分になり、知らず、顔がゆるむ。いつ引っ越そう。どうやって仕事をさがそう。泰子はいつまで働けるだろうか。

この浮ついた気分のなかに、直子と離れられるという気持ちがあることに、智は懸命に気づかないふりをした。

直子が自分のアパートにくると言ったとき、厄介ではなく良きことがやってくると思った気持ちは、直子がやってきて四日目には早くも消え失せていた。良きことは、厄介にとってかわっていた。それも、馬鹿でかい、重苦しい、容易には除けられない厄介である。

直子は近くに買いものにいくほかは、どこにも出かけることなく、ずっとアパートにいた。帰ると、はじめに座った定位置で焼酎を飲みながらテレビを見ている。智が留守のあいだにスーパーマーケットや百円ショップにいくらしい。智の渡す千円で、不必要なものばかり買ってくる。パック入り鰹節やマーガリンや粉末ココア。乾麺や桜でんぶ。プラスチックのおにぎり型や小型土鍋やティーカップ。絆創膏や製氷器。日に日に部屋に増えていく、ちまちまこちゃこちゃしたものは智を苛立たせた。水彩絵の具を見たときは神経が切れそうになり、いったいなんに使うのかと声を荒らげた。「だって、百円じゃ安いから」というのが直子の答えであった。

直子の過去話を興味深く思ったのも最初の四日だけだった。母になる以前の直子が想像と異なっていたことに、思うことは多々あったが、しかし枝葉とくり返しの多い直子の話を次第に智はうっとうしく思いはじめた。最初の数日、熱心に昔の話をせがんだからか、その後直子は智の気を引くかのようにろれつのまわらない口調で突然訊いてもいない過去の話をはじめたりもし、それもうざったく感じるようになった。

三日に一度くらい、直子はカレーかシチュウを作り、気が向くと米を炊く。野菜はいつも生煮えで、肉のかわりに厚揚げや、シーチキンが入っていた。米はやわらかすぎるかかたすぎた。作るだけ作って後かたづけをしないから、台所はあっというまに汚れ、生ゴミが嫌なにおいを放つ。カレーもシチュウも、残しておけばすぐ腐り、カビが浮く。それでも直子は後かたづけをしないので、智はいらいらしながら食事はたいらげ、皿も鍋も洗い生ゴミはゴミの日に捨てた。

七日目には帰るのが嫌になった。アルバイト仲間の女の子を誘って朝五時まで営業している居酒屋にいき、無理をして恋愛相談にのってやり、閉店時間で店を出され、女の子が始発電車で帰っていってもアパートに帰りたくなく、漫画喫茶で仮眠をとって、着替えるためにやむなく昼ごろ帰ると、直子は置物のように定位置に座って焼酎を飲みながらテレビを見ていた。

「昼間から飲むのやめたら」と言うと、

「ああ、あんたが帰らないからいつ夜が明けたか気づかなかった」と、よだれを垂らしながら笑った。

石屋から様子見の電話があったとき、直子を連れて帰ってほしいとそれとなく頼んでみた。直子がほかの男ではなく息子の家にいることに安心しているのか、石屋は、親子水入らずもたまにはいいもんだべ、と言って迎えにこようとしない。智は宗田さんにも電話を入れた。言うことはやはり同じだった。宗田さんは以来三日に一度は電話をよこしては、直子の無事を確認するが、自分の家に連れ戻そうとはしなかった。

いつまでいるんだよと、十日目には迷惑そうな響きを隠すこともできず口に出していた。けれどその響きは生ゴミのにおいと同様に直子には届かなかったようで、「石屋よりここのが狭いけど、楽だね、やっぱ血のつながった親子だからかね」などと、焼酎を飲みながら言っている。そんなふうに言われると、智はなんとも言えず嫌な気持ちになる。その不快感の理由を智はうまく言葉にできないのだが、部屋じゅうのものを床にぶちまけたいような荒々しい衝動と、それはセットになっている。

翌日はアルバイト終了後、恋愛相談の若い子を遠回しにホテルに誘ってみた。以前だったらかんたんにものごとは進んだはずなのに、彼女は一笑に付してさっさと帰ってしまった。その次の日、べつのアルバイトの女の子を飲みに誘ってみたが、これも断られた。智はじわじわと不安になった。今までずっともてできて、もてなかったことなどただの一度もないのに、こうもうまくいかないとは、もしかして自分は賞味期限切れのような状態なのではないか。と、すると、このまま特定の恋人もできず、やむなく風俗店に通うようになり、あの直子とずっと二人で暮らしていくのだろうか。そう考えて智は心底おそろしくなった。絶望が鳥肌を立たせることを智ははじめて知った。

そんなあれやこれやが、今、泰子の妊娠ですべて解決しようとしているのである。自分が泰子の家に引っ越せば、直子は石屋なり宗田さんなりの元に帰っていく。ナンパなどしなくとも、泰子と結婚すればいい。泰子だって相手は違うが結婚するつもりだったのだから、考えようによっては予定通りものごとは進んでいくことになる。そして史恵言うところの「ふつう」は自動的に手に入る。これでいいじゃないか。とたんに気分が高揚し、智う。

は携帯電話を取りだして、

おれ、引っ越すわ。そっちで仕事もさがす。だから、産もう。ふたりで子どもを育てよう。

と、猛スピードでメールを打ち、泰子宛てに送信した。水滴のはりついた車窓の外は暗く、そこに映る自身の口元がにやけている。さらに口角をあげて笑みを作ってみる。幼い日、自分の全身を撫でた、ちいさくて湿った手のひらの感触を智は思い出す。恍惚がよみがえり、ちいさく身震いする。列車が上野に着くまで、智は幾度も携帯電話を確認したが、泰子からの返信はきていなかった。

泰子に子どもができて結婚するから、茨城に引っ越す、だから石屋でも宗田さんでもかまわない、あんたもそろそろ帰ったらどうかと、その日アパートに戻ってすぐ、買ってきた缶ビールのプルトップを開けるより先に智は直子に言った。窓のレールには洗濯物が干してあった。シャツもタオルもよじれたままである。ゴム紐ののびた女物のパンツやブラジャーも交じっている。部屋にはまたしてもカレーのにおいが漂っている。

「カレー、あるよ」焼酎をつぎ足しながら、直子が言う。「今日はカツも買ったんだ」

「おれの話、聞いた？　聞こえた？　理解した？」

うんうんと、直子は小刻みにうなずく。

「迎えにきてもらったほうがいいならそうするよ。おれ、連絡する。そんでどっちがいいわけ？　石屋と、宗田さんと」言いながら、へんな質問だなと智は思う。けれど直子には実際どっちでもいいのだろうし、どっちでなくてもいいのだろう。直子がどちらにも帰らずに、路上や駅でべつのだれかに助けられ、その人の住まいに転がりこむということだってあり得る。そうなったって自分は何も心配しないだろうことも、智にはよくわかる。それがふつうなのかと泰子は訊いたが、だってずっとそうしてきたのだ。それが直子なのだ。直子が直子になったのか、もともと直子なのか、結局わからないままだが、でもそのようにして今日まで生き延びてきたのだ。

「私も、そこにいこうかな」

直子がつぶやき、智は耳を疑う。

「はあ？」

「だってさ、赤ん坊が生まれるんだろ。私だって初孫の顔を見たいし、それに、いろいろたいへんだろうから」ににまにまと笑って、言う。

「何言ってるわけ？」

何言ってるわけ？　何ふつうのこと言ってるわけ？　初孫とか、たいへんとか、関係ないだろう。まいんち同じ場所で焼酎飲んで、米すら満足に炊けないで、ふらりと出ていっちゃ犬猫みたいに拾われて、そこに平然と住んで、そんなふうにしかできないし、してこなかった人が、何が初孫だよ、と、あとに続く言葉はのみこみ、ほかの言葉を智はさがす。

「いいよ、くることないよ。向こうだって迷惑だって、そんなふうに酒飲まれて、一日家にいられたら。石屋か宗田さんとこ、帰りなよ。こないだだっておふくろはどうしてるかって心配して、石屋、電話してきたぞ。明日、おれ、仕事の前に送ってってやろうか?」

「そっちいきゃ、私だって何も一日飲んでないよ。することはたくさんあるだろうしね。泰子ちゃんって、あの泰子ちゃんだろ、いっとき暮らしたことがあるね、いっしょに」辻井さんを覚えているかもあやふやなのに、急に直子はそんなことを言い出す。「縁だよねえ、こんなことになるなんて。ある人とはあるんだ、縁って」小刻みにうなずきながら、しみじみとした口調で言う。

「明日、連絡するからさ。今日じゅうに決めておけよ、石屋か、宗田さんか」

智はビールをあおるように飲み干し、台所にいって鍋のカレーを三角コーナーに捨てる。大量にありすぎて、茶色くどろりとした液体は三角コーナーからあふれ出しシンクに広がる。縁、と今直子が口にした言葉を反芻する。縁。直子が辻井さんに拾われなければ泰子とは出会わなかった。泰子に出会っていなければ、泰子を思い出すことも当然なかった。自分たちはなんの接点もないまま、ふつうに暮らしていただろう。どんな「ふつう」かわからないにせよ。田中一代は田中一代に戻らず、辻井一代のまま暮らしていただろう。縁。智はつぶやいて、そうして底の見えない深い井戸をのぞきこんだような気分になる。

人は、意識的に、また無意識的に行動する。大きなことではない、ちっぽけなことだ。財布を家に忘れてとりにいくとか、待ち合わせに早すぎて本屋にふらりと立ち入るとか。腹が減って立ち食い蕎麦屋に入るとか、駅で知り合いに会って一本遅い電車に乗るとか。そのなんでもない行動は、波紋のように広がっていく。あまりにも素早く、あまりにも広範囲に広がっていくから、自分たちに止めることはできない。呆気にとられて眺めているしかない。動いたら、自分の関与できないものごとがはじまってしまうのだ。それを人はのんきに縁などと呼ぶのか。

あの人は私の人生に関与したのか否かを考えていると泰子は言った。もちろん関与したのだと、智は今、頬をはられたように気づく。時間つぶしにデパートの催しをのぞいたことで、まったく関係のないひとりの子どもの人生を、変えたのだ、直子は。同時に、田中一代を結果的に幸福にし、亜里砂という娘をこの世に登場させた。

コンビニエンスストアのビニール袋に三角コーナーの中身と手ですくったカレーを入れて口をとじ、智は鍋を磨く。たわしで焦げた部分を執拗に引っ搔く。肩越しにふりかえると、直子は焼酎を飲みながらテレビを見ている。

直子と、泰子と、あの茨城の家で暮らすことを智は想像してみる。仕事に出かけて帰ってくると、腹のでかい泰子と直子がそろって自分を迎える。三人とも、好きな時間に好きなものを食べる。テレビがつねについていて、布団がつねに敷いてある。空気を入れ換えない部屋の、湿った埃くさいにおいまで、智は想像することができる。想像ではなくてそれは記憶なのだとしばらくして気づく。そのようにしてかつて三人で暮らしていたのだった。とたんにおかしくなる。

私もそこにいくと言った直子は、きっと、直子をここに迎え入れたときの自分のような気持ちなのだろうと智は思う。そこに、何かとても良きものがあるように思うのだ。それがまっとうな、すこやかなことに思えるのだ。そうして、まっとうですこやかな良きことを、自分ができると思うのだ。できないと気づくためだけに、行動を起こすのだ。自分たち母子は。

急に空腹を覚えるが、カレーはすでに捨てたあとだ。炊飯器を開けると、ごはんが黄色く変色している。智は炊飯器のスイッチを切り、財布と携帯電話を手に、

「ちょっとコンビニいってくる」と直子に言って、部屋を出た。

はいよ、と、テレビを向いたまま直子は答えた。

外に出ると雨はやんでいた。携帯電話を確認するが、着信もメール受信もない。新着メール受信ボタンを押すが、新しいメールはありませんと文字が告げる。列車のなかから泰子宛てに送ったメールがきちんと送信済みボックスに入っているか、歩きながら智は確認する。送信されている。

おれできるかぎりのことはするし、がんばる。仕事だってちゃんと見つける。だから心

配するな。歩きながら文字を打ちこむ。夜道で携帯電話が自分の顔だけ白く照らしている。角を曲がってきた自転車が、「おわッ」と声を出して智をよけていく。

送信ボタンを押す。送信されましたと、文字が出る。今送ったメールは、自分を、泰子を、直子を、会ったこともないだれかを、いったいどこに連れていくのだろうかと智は思う。

商店街のほとんどはシャッターが閉まっている。コンビニエンスストアを通りすぎ、智は赤提灯をぶら下げた居酒屋の縄のれんをくぐり、戸を開ける。おもての静けさとは対照的に、店内は白々と明るく、混んでいた。ラッシャイッ、と威勢のいい声を浴びながら智はカウンターに座る。テレビでは、今し方直子が見ていたのと同じ番組が流れている。

「焼酎、ロックで」

刈り込んだ毛を金色に染めた若い店員に、智は告げる。告げてから、今日が自分の誕生日であることに今さらながら、気づく。

夏に妊婦になるもんじゃないと聞いた気がするが、それを言ったのがだれなのか、泰子にはわからない。けれど本当だ、と思う。梅雨時期はとにかくつらかった。においを嗅いで気持ち悪くならないものは卵のサンドイッチと冷やごはんだけ、あとはなんでもかんでも、焼き魚でも蕎麦でも、カレーでも豚カツでも、そのにおいに吐き気を催した。それでも腹は減る。スーパーの休憩時間も家に帰ってからも、しょっちゅう泰子は口を動かしていた。食べるのは決まって市販の卵サンドと、冷蔵庫に常備するようになったごはん、かぴかぴのそれにごま塩をかけて食べ続けた。いくら食べても飽きず、あっという間に六キロも体重が増えた。休むわけにはいかないから、パートは毎日通い続けたが、たいがい午後になると気持ちが悪くなり、幾度かは従業員用トイレに駆けこんで、吐いた。

パート仲間の、仲間といってもひとまわり以上年上の尾上《おのうえ》さんは、「そんなにひどいつわりもめずらしい」と言い、娘さんが昨年出産したというさらに年上の久間田《くまだ》さんは「うちなんかつわりはぜんぜんなかった」と言い、どちらも泰子を不安におとしいれた。腹に入っているのは尋常ではない何かなのじゃないか。このしんどさは孕《はら》んでいるかぎりずっと続くのではないか。体がつらいのとこわいのとで、いっそのこと堕ろしてしまおうかと泰子は幾度も考えた。

考えたが、そうはしなかった。

もしや妊娠したのでは、という懸念が、やはり、という確信にかわったのは五月の半ば過ぎだった。こわごわと買って試した妊娠検査薬は陽性を示していた。

目の前が真っ暗になった。山信太郎との結婚ご破算は確実だ。父親は父親になんかなれっこない智である。これから太郎に事情説明し、太郎の家族に謝罪しなければならないと考えると、地面が揺れているような気がして、どこかにつかまらねば立っていることができないほどだった。しかし現実的処理の煩雑さよりも、自分は逃亡先を見つけてうまく逃げ出せたと思ったのに、その寸前につかまってしまった、その失敗感のほうがとてつもなく大きかったし、何より泰子を傷つけた。智と結婚するつもりは毛頭なかった。妊娠を打ち明ける気持ちにすらなれなかった。

けれど泰子は何もできなかった。というより、しようとしなかった。自動的に、朝目覚め、仕事をし、終業後、夕食を食べて眠った。昨日をなぞったような一日が、自分をどこにも連れていかなければいいのにと泰子は思った。そのためなら、毎日おんなじ時刻に起きて、毎日おんなじものを食べ、毎日おんなじ時刻に風呂に入る。昨日と違うことはいっさいしない。実際のところそんなような毎日なのに、しかしそのくり返しが腹のなかの子を成長させていると思うと、泰子はぞっとするのだった。願ってはいない場所にどんどん連れていかれるようで。

蛇ににらまれ動きを停止した蛙の如く、泰子は何をどうするとも決められず、ただひたすらに、太郎と智からの連絡を無視し、昨日と同じ日を過ごすことに心を砕いていたのだが、最初は真っ暗だと思った気分によくよく目を凝らしてみれば、すっと細い光が射しこんでもいる。それは希望でも救いでもなんでもない。ただ単純に産みたいような気持ちが、自分の内にあるらしかった。それがどうやら、その細い光なのだった。それに気づいて泰子は気分が悪くなるくらい、驚いた。

梅雨のさなか、智と向き合ってまずいコーヒーを飲み、智の語る直子の話を聞き、聞いていたら、言うつもりではなかった妊娠のことを言っていた。誇らしい気持ちもあった。自慢したい気持ちもあった。智と直子と、自分はまったく関係ないのだと胸をはりたい気持ちもあった。複雑すぎてとらえどころのない気分だったが、しかし、智になんとかしてほしくて言ったのではないことだけは、たしかだった。なんだか気分がよくて、そのときはカレーも食べられたのだ。ところが智は産もう育てようとメールを寄こした。がんばる。心配するな。ふたりで子どもを育てよう。どの面下げて打っているのか、まっとうな内容のメールを続けざまに寄こした。そうされるとしかし、泰子にとって理不尽なことに、細い光はどんどん光度を増し幅を広げていくのだった。

産もうと言う智を信頼したのではない。智は父親になれない。そんなことは泰子にはわかっていた。ただ、智が心配するな問題はないと言うたび、本当にそうなような気分になるのだった。ひとりで産み、育て、それでなんにも問題はない。どうやら尋常ではなくひどいつわりに、もういやだ、堕ろしたいと願っても、その次の瞬間には、卵サンドかごま塩冷や飯をむさぼり食べているのだった。生き、生かそうとする意志そのものになったかのように。

智がやってきたのは八月の、今年いちばんの真夏日とどの天気予報でも言っていた日だった。

そろそろ安定期で、まだつわりがあるのはおかしいと年長のパート仲間たちは脅しつけるように言い、実際それはつわりのせいなのか夏ばてなのかわからないが泰子はまだ体調が悪かった。梅雨が明ければなんとかなると思っていたのに、夏場は夏場でまたしんどかった。その日も遅番を終え朦朧《もうろう》として家に帰り着いた。玄関前で暗闇から声をかけられ、泰子は失禁しそうなくらい驚いた。智は濡れ縁に座り、このところ閉めっぱなしの雨戸に寄りかかり、ビールを飲んでいる。飲みさしの一本と、足元のつぶれた缶を手に、ひょこひょこと近づいてくる。街灯の明かりに輪郭が見え、ああ智かと思ったとき、同時に、父親、という言葉が浮かび、泰子はたじろぐ。

「荷物、今週末に着くよう、手配しといた」

鍵を開ける泰子にぴったりくっついて、智は機嫌良く言う。何を言っているのかわからないので泰子は無視し、扉を開けてなかに入る。智も入り、いっしょに靴を脱いでいる。

「といっても、そんなにたくさんあるわけじゃないから心配しないでいいよ。それにしても早く帰ってきてくれて助かった。暑いのは東京とはなんか違って我慢できる暑さなんだけど、蚊がね、蚊がすごいんで参ったよ」

たしかにぼりぼり腕やら背やらを掻いている。泰子は食事に使っている茶の間の明かりをつけ、テレビをつけ、冷房をつける。ぬおーと、言葉にならない声を智が発する。

「な、何よ」泰子が訊くと、

「すずしー」エアコンの下に立って智は裏声で答えた。頬と腕の数ヵ所がぽつぽつと赤かった。

荷物というのは智の家財で、どうやら彼は本当にここに住むらしいと泰子が理解したのは、深夜になってからだった。コンビニエンスストアで買ってきたという弁当を、智は焼酎を飲みながら食べ、泰子はラップして冷蔵庫にしまってある冷やごはんにごま塩をふって食べ、智のいれたお茶を飲んでいた。

「本気なんだ?」呆れて泰子は訊いた。

「うん本気。だってそうするのがふつうだろ」と智はどことなく勝ち誇ったように言った。

智が「ふつう」と言うことにかすかな苛立ちを感じたが、泰子は智の弁当から立ちのぼる、冷たい脂と肉とケチャップのにおいで気持ちが悪くなり、何も言い返さなかった。その日、泰子の体調が悪そうなのを心配したのか、智はかいがいしく働いた。風呂を洗い湯を入れ、泰子が入っているあいだに皿洗いをすませ、べつべつの部屋に布団を敷いてほしいと言うと、その言葉におとなしく従った。それを見ながら、もしかしてこの男がここに引っ越してくるのは、得策かもしれないと泰子はちらりと思った。こんなふうにして家事を引き受けてくれるのならば。ずっととは言わない。智が飽きるまで。自分の体調が安定するまで。赤ん坊がこの世に出てくるまで。じっと見ている泰子に気づき、「ん、なに」と智は笑顔で訊いた。なんでもないと答えた声は、気持ちよりも数倍ぶっきらぼうだった。

中学生のころから自分の部屋となっている和室の、見慣れた天井を眺め、人生と自分が剝離《はくり》していくような感覚を泰子は覚えた。おそらく智は本当に引っ越してくるのだろう。父親とやらになってみようとするのだろう。迷いや躊躇や不安や現実味のなさをばくばくと食らうかのように、腹の子は大きくなって、冬には生まれてくるのだろう。決めてないのに決まっていく。かたちづくってないのにかたちづくられていく。

もしかして、直子もこんなふうではなかったかとふと思う。直子の語ったことが真実だとするならば、直子だってよりよい生活を望んでごくふつうに暮らしていたに違いない。子ができれば恋人は妻と別れるだろうと思い、言われるまま堕胎すれば恋人は気遣ってくれると思い、子を産めば恋人と結婚できると思い、そうして日に日に大きくなっていく腹を撫でさすって日々を送っていたのだろう。何ひとつ決めず受け入れて、受け入れることに疑問を持たず。その後、彼女の願ったものはいっさい手に入らなかったというだけだ。そこまで考えて、泰子はぞっとする。受け入れ流されるだけの直子の人生と、自分の未来が重なる予感にぞっとする。そんなことがあるはずがない、と強く否定する。

目を開けているとろくなことを思いつかない。泰子はかたく目を閉じた。まぶたの裏に残った豆電球の橙色を感じていると、腹の内側が、ざわりとした。胎動だ、とすぐにわかった。わかるなり飛び起きて、智が寝ている部屋に急いで向かった。思いきり襖を開けると、布団に寝ころんで煙草を吸いながら漫画雑誌を開いていた智は、びくりと体をこわばらせた。

「動いたっ」枕元に正座し腹を突き出すようにして泰子は言った。

え、と間の抜けた顔で泰子の腹と顔を交互に見ていた智は、意味がわかったらしく「え」今度はもう少しはっきり発音し、起きあがり、泰子の腹に手をあてた。「わかんない」と言う。

「今動いてない」泰子は腹の内側に神経を集中させる。「あっ、ほら、今っ」

「え、わかんない」智は言う。

泰子は自分の腹に手をあててみた。もう動かない。急に恥ずかしくなる。母親然とした自分のふるまいと、父親然としたふるまいを智に無意識に求めたことが、猛烈に恥ずかしくなる。腹に押しつけられた智の手を払いのけ、「おやすみ」吐き捨てるように言って泰子は部屋を出た。ほんとにわかんなかったんだよ、と、すがるような声が襖の向こうから聞こえた。

智は言葉通りその日から泰子の家に居着いた。料理はできないが、買いものにいってほしいといえば自転車で出かけていき、皿を洗ってくれといえば泡を流しにまき散らしはしたが洗ってくれた。単純に、自分以外の人間が家にいることで、気が紛れるのを泰子は感じた。ともすると細い光をのみこもうとする、眠る前にかならず足元から這い上がる不安や失敗感や恐怖や、現実的なしんどさを、それらの源である智が紛らわしているということが、どうにも皮肉に感じられたが。

諾も否も告げていないが、週末に智の家財道具が運ばれてくれば、ここで二人の生活がはじまるのだろうと、受け入れるというよりは諦めるように泰子は思い、そうしてとうとう山信太郎にメールをした。金曜日の夜に時間を作ってもらえませんでしょうか。

春先から数えるほどしか会っておらず、この数ヵ月はメールのやりとりしかしていないのに、山信太郎は山信太郎らしく、焦らず、急がず、週に一度ほど当たり障りのない、つまり返信を無理に求めないメールを泰子に送り続けていた。久方ぶりに泰子からメールを送ると、三分後に返信がきた。

七時に近江亭でどうでしょう。予約しておくよ。予約のあとに電話の絵文字。

近江亭はこの町ではめずらしい洒落たレストランで、誕生日や記念日などの「しゃちこばった」デートのとき、いつも太郎はここを指定するのだった。近江亭を予約するということは、太郎はしゃちこばっている、もしくはしゃちこばった話があると想定しているのだなと泰子は理解する。

金曜日、何を着ていくか泰子はしばらく迷った。スーパーアキダイにいつも着ていく、だぶっとしたチュニックでは、傍目に妊娠しているとなかなかわかりづらい。太ったのかなと思う程度だろう。もっと体にフィットした服を着て、太郎に説明せずとも妊娠していることが見てとれればいいと考えては、いくらなんでも勝手すぎると自己嫌悪に陥り、結局、どっちつかずのままカットソーにカーゴパンツを合わせた。まだ寝ている智宛てに、「今日遅くなる」とだけ書いたメモを残し、家を出た。

その日は比較的体調がよかった。吐き気もめまいもなく、冷房で指先の感覚がなくなることもなかった。「3D写真にちんちん写った?」とこのところ毎回訊く久間田さんにもさほど苛つかなかった。これなら近江亭の料理も食べられるかもしれないと、昼休み、従業員割引で買ったアキダイの卵サンドを食べながら泰子は思った。

六時に仕事を終え、六時十五分にアキダイを出た。駅向こうにある近江亭までゆっくり歩いて十五分、まだ時間が余っているので泰子は百円ショップに入り、化粧品や食器を見、それらは買わずにパックのごはんを五つとレトルト食品数品を買った。それらの入ったレジ袋を提げて近江亭にいく。従業員が迎えに出てくるより先に、テーブルについている太郎が手をふるのが見えた。ほかに客はいなかった。

今日着ているカットソーだと、腹が出ているのは見ればわかる。が、太って腹が出ているように見えなくもない。はたして自分の姿をどう見ているのだろうと思いながら、泰子はゆっくりとテーブルに近づき、太郎の向かいに座った。しかし何も気づかなかったらしく、太郎は昨日も会っていたかのような口ぶりで、

「飲みものなんにする？　暑いし、やっぱりビール？」と訊きながら、飲みもののメニュウを広げて見せた。

「いや私、ジンジャーエールにしようかな」太郎が意外そうな顔をするのを見て、やっぱり気づいていないんだと泰子は安堵するような落胆するような気持ちで思い、「山信さんは飲んだら」と言った。言ってから、この人をなんて呼んでいたんだっけと思う。山信さんではなかった気がする。山ちゃん？　太郎くん？　会っていたのはそんなに前ではないのにどうして思い出せないのだろう。太郎は、近づいてきたウェイターにビールとジンジャーエールを頼み、食べもののメニュウを広げる。近江亭は内装も雰囲気も料理も洒落てはいるが、田舎にあるレストランらしく、イタリア料理もスペイン料理もフランス料理も、

日本の家庭料理までもがごっちゃになっている。パスタもハヤシライスもピザも、ステーキもフリットも蟹コロッケも。並ぶ料理名をざっと見て、食べられそうなものを手早くさがした。泰子はビシソワーズとトマトと蟹の冷製パスタを頼み、太郎は三千五百円のおまかせコースを注文した。

「また遊びにきてくれって、おふくろがうるさいんだよ。よほどきみのことが気に入ったみたい」

太郎は笑う。何も訊かない。なぜ春先からほとんど会っていないのか、会わないあいだに何があったのか、よく何も訊かずにいられると泰子は心底不思議に思う。

「そろそろ具体的に決めたほうがいいと思うんだけど、やっちゃんがもしまだ早いと思うなら、先でいいと思うよ。まわりはせっついてるけど、ま、自分たちのことだし」

皿の上のナプキンを、広げ、畳み、また広げ、太郎は言い、扉が開くとそちらに顔を向け入ってきた客を見ている。ビールとジンジャーエールが運ばれてきて、乾杯もせずそれぞれ口をつける。入ってきた客は年輩の女性グループで、席に着くなりにぎやかに話しはじめている。

「先」と、シャンパン用のグラスのなかで上昇する、ジンジャーエールの細かい泡を見つめて泰子はつぶやいた。

「おふくろたちはほら、二十五歳過ぎるとケーキと同じとかなんとか、まだそういうこと言うような世代だから、泰子さんのためにも早くしてあげなさいってせっつくけど、今はそういう時代でもないしさ。急がなくてもぜんぜんだいじょうぶだよ。ぼくらのペースでやっていけば」

太郎の前菜と泰子のスープが運ばれてくる。泰子は慎重にスープを飲む。一瞬えずくが、そうひどくはない。少しずつ飲む。が、半分で限界だった。泰子はスプーンを置き、前菜のスモークサーモンを食べる太郎を見る。目が合うと、太郎が笑う。だいじょうぶだよと、言っていないのに、聞こえる。

「無理そう？」残したままのスープを見て太郎が訊くので、

「うん、夏ばてで」泰子は答える。すると太郎はその皿をさっと自分の前に置き、残りを飲みはじめる。

だいじょうぶかもしれないと、泰子は思う。もしかして本当にだいじょうぶかもしれない。最後に性交したのがいつかなど太郎は覚えていないのではないか。いやぜったい覚えていない。じつは子どもができたんだ、あなたの子だよと言ったら、喜ぶかもしれない。きっとすぐさま入籍だ。智を追い出すのなんてかんたんだ。太郎が新居を用意してくれるだろう、そこに引っ越せばいい。あのやさしそうな太郎の両親が、あれこれと世話を焼いてくれる。そうだアキダイだって辞められる。こんなにしんどい思いをしてもう働かなくていい。週刊誌と育児書を読んで一日寝ていればいい。

「だいじょうぶかな」スープを飲む太郎の、黒々とした髪を見て泰子はつぶやく。

「うん、だいじょうぶだよ。なんにもこわくないし、心配することないよ」顔を上げた太郎は言い、口の端からスープが滴《したた》り、急いでナプキンで拭っている。

女性客たちを筆頭に、次々と客が入ってきて、八時には十ほどあるテーブルはみな埋まっていた。女性グループ、社会人グループ、家族連れ、カップル、どのテーブルもにぎやかに談笑していて、泰子は自分たちの静かなテーブルが、その笑い声のなかに沈みこんでいくような錯覚を感じた。前菜とスープの皿が下げられると、太郎のサラダがきて、それが終わると、太郎の魚料理と泰子のパスタが運ばれてきた。三分の一も食べず、やっぱりソースの酸味で気持ち悪くなり、泰子は氷の溶けたジンジャーエールを舐めるように飲み続けた。太郎はまたしても、無理そう？　と訊き、泰子がうなずくと残ったパスタをたいらげた。皿が下げられ、肉料理が運ばれてくる。

「式もさ、無理だったらしなくていいよ」ステーキ肉を切り分けながら太郎が言う。泰子はだんだん動悸が速まるのを感じる。今、自分は人生の岐路に、まさに岐路に立っているのだと実感する。右へいけば右に、左へいけば左にいく。当然のことだが、その道の先にはまったく異なる世界が広がっている。今、その、どちらをも、自分は選び取れるのだと泰子は思う。

「写真くらいは撮りたいとぼくは思うけど、写真なら急がなくていいんだし。紙婚式、花婚式、木婚式。いろいろ記念日あるものね。七五三とまとめてやることになったりしてね。それもおもしろいよな」

あ、と泰子は思う。気づいていたのか？　いやまさか。でも七五三ってなんだ。めまぐるしく考える。切り分けられたステーキは断面から赤い汁を流している。付け合わせの人参やじゃが芋で、その赤い汁を拭うようにして太郎は口に入れ、泰子は唐突に吐き気を催して席を立ち、トイレに駆けこんだ。

駅までの道を並んで歩く。太郎は泰子の手を握った。粘着質な夜気のなか、手はすぐに汗ばんだが二人とも離さなかった。太郎と交際をはじめ、結婚話が出たとき、逃げおおせたと思ったことを泰子は思い出す。あの家から、あの記憶から、あのなじみ深い、「変えられてしまった」という思いから。逃げられた、もしくは、取り戻した。そう思った。

コース料理を食べ、料理を残すことをいやがって他人のぶんまで自分で食べ、すべての皿を空にする太郎の、大晦日には蕎麦を食べ家族で紅白歌合戦を見る太郎の、交際の次には結婚、結婚するなら両親に紹介という思考を持つ太郎の、その、まっとうさと正しさと凡庸なるすこやかさは、生みの母と一緒に自分の家から払拭されたものだった。そう泰子は信じていた。

「花火大会、今年はいけなかったけど、お祭りはまたいけるといいね」

汗ばんだ手をちいさく振りながら太郎は言った。ずっと先に駅の白い明かりが灯っている。

何を言おうか、右にいこうか左にいこうか決めかねたまま、泰子は口を開いた。口を開けば決められるような気がした。

「あのさ、じつは」

「いいんだ、言いたくないことは言わなくてもいいんだ」太郎は握る手にほんの少し力をこめて、泰子がそれ以上何か言うのを遮った。握り合った手が、にちゃ、と汗ですべる。

泰子は急に恐怖にとらわれる。この人はぜんぶ知っているのだという恐怖。テレビに出て母をさがしたこと、そのテレビ番組で自分を捨てた母に会ったこと、自分以外の男と関わりを持ったこと、そうして今、身ごもっていること、だれかわからないがとにかく自分以外の男の子どもを身ごもっていること、そのすべてを知っていて、でも、こんなにも鮮やかに知らないふりをしている。さっきの想像が、さっきよりも生々しく蘇る。あなたの子だよと今打ち明けられて、そうではないとわかっていながら喜んでみせる太郎の表情の、口元の皺までが泰子には見える。太郎が用意してくれるだろう新居の、真新しいシステムキッチンのにおいを泰子は嗅ぎ、義母の立ち働く物音を聞きながらうとうとまどろむその倦怠を感じ、額を合わせて字画を数えながら命名辞典をめくるその音を聞く。ついこのあいだ泰子は人生と自分が隔たっていくように感じたが、今は、剝離どころではない、他人の人生を不当に乗っ取ろうとしているような、罪悪感まで覚えている。だいじょうぶという太郎の口癖が、急に恐怖を喚起させる呪文めいた言葉に思えてくる。

なんてことだ、右を選んでも、左を選んでも、どちらも自分のものと思えないんじゃないか。そう気づいて泰子は、愕然とするが、どこか一点で、笑いたくもある。汗でねばついた手でつながっているこの男は、おそらくぜんぶ知っていて受け入れようとしているこの男は、その選択が自分のものだと実感しているのだろうか。訊いてみたいが、その意味はかけらも伝わらないだろうと泰子は思う。この人はきっと、自分が決めた方向に正しく歩いていると信じて疑っていないもの。

「やっぱりだめだわ」立ち止まり、泰子は言った。そう口にすると、今まで呼吸するのを止めていたみたいな気がした。ぷはあと思いきり息をしたような気がした。「私、やっぱり山信さんと結婚できないわ。ここに、あなたのではない子どもがいて」握った太郎の手の甲を、泰子は自分の腹にあてる。伝わるはずもなかろうが、腹のなかで胎児が動く。あ、と太郎が声を出す。わかったのだろうか。

「すみません。破談にしてください」太郎の手を自分の腹にあてたまま、泰子は言った。

「やっぱり、そうだよね」太郎は困ったように言う。

「そうだよ、おかしいよ」ルールーと、草むらから虫の鳴き声がする。

「うまくいくように思ったんだけど」

「うまくいけばよかったんだけど」

立ち止まり、腹につないだ手をあてたままの太郎と泰子を、自転車に乗った男が無遠慮に眺めながら通り過ぎていく。通り過ぎてもなお、ふりかえって見ている。

「すみませんでした」泰子は頭を下げた。

「来世ではいっしょになろう」

泰子はそのせりふにびっくりして太郎を見た。太郎はますます困ったような顔で笑う。

「笑ってほしかったんだけど」ちいさな声で言う。懸命に考えた冗談だったらしい。まっとうですこやかだと思ったこの男も、自分とは違う部分でどこかねじ曲がっていたのかもしれないとちらりと思う。

「元気な、いい子を産んでください。安産祈ってます」

湿った手を、泰子の手と腹から離し、それを高く挙げてふりまわし、じゃあ、と太郎は後ろ向きに歩き出す。背を向け、小走りに進み、ふりかえり、また手を挙げてゆらゆらとふる。駅の白い光に吸いこまれるように、太郎は駆けていく。

コンビニエンスストアで卵サンドを買い、泰子はバスに乗って家に帰った。明かりがついていることにまだ慣れない。玄関の扉を開けるとカレーのにおいが充満していて、いきなり吐きそうになる。

「ちょっとやめてよ、カレーとかそういうの……」

言いながら靴を脱ぎ、家に上がって泰子は言葉を失う。茶の間の襖からひょいと顔を出しているのは智ではなく直子である。おかえり、と言ってにっと笑う。黄ばんで欠けた歯が見える。その後ろから智が顔をのぞかせ、「カレー、食う？」と訊く。

連日真夏日の、じわじわと茹であげられているようなその夏、なし崩し的に三人暮らしがはじまった。それが智であってももうひとりいれば、体調の悪い日々も楽になるのではないかと泰子は虫のいいことを考えていたのだが、まるきりかわらなかった。むしろ悪化したようにすら思えた。

そもそも三人いれば、風呂場もトイレも茶の間も三人ぶん汚れる。が、直子は家事のいっさいをしなかった。ときどき気まぐれに料理をするが、カレーとシチュウしか作らず、しかも大量に作って、残っても捨てもしないし片づけもしない。嫌なにおいが漂いはじめても何もしない。結局智がその汚臭に音を上げて片づけている。一度、比較的体調の楽なときに直子作のカレーを食べてみたが、市販のカレールーを使っているにもかかわらず、まずかった。生煮えのじゃが芋と、大量のモヤシと、「安かったから」という理由で豚のモツ肉が下処理をされないまま入っていた。

直子は家事をやるように言えばやるのだが、洗濯機をまわしたきり干し忘れ、洗ったものもまた汚臭を漂わせたり、雑巾がけをしようとして雑巾をうまく絞れず床や畳をびしょびしょにしたりするので、かえって手間がかかった。

そうして直子はカレーやシチュウを作る以外はずっと茶の間にいて、徳用焼酎を飲みながらテレビを見ていた。泰子がパートに出かけ帰ってきても、まるで静止画のように同じ姿勢でそこにいる。酔った直子のいるちゃぶ台で、焼酎のにおいを嗅ぎながら食事する気になれず、泰子は台所で踏み台に座って朝晩の食事をとるようになった。

智は毎日、泰子とともに家を出て、ハローワークに向かう。パチンコ屋のアルバイトを見つけ、昼から八時までそこで働いている。直子がやってきて二日後の日曜にもうアルバイトを決めてきたので、やはり智でも智なりに覚悟を決めたのだろうかと泰子は感心したのだが、最近では、直子から逃げたくてアルバイトをはじめたのではないかと思うようになった。そう思ってしまうくらい、動かない直子は異様な存在感があった。

もともとそう清潔とは言い難かった部屋は数日ですぐに散らかり、繁殖するように散らかり続けた。けれどその「悪化」は、泰子を苛つかせるのではなく、安堵させた。洗濯物が畳まれなくても、所定の位置にしまわれなくても、綿埃が野球ボール大になっても、風呂場の排水口にもずく状に髪の毛がたまっても、人は、難なく生きていかれるのだった。体調がよくなければ横になっていればいいのだし、冷えたごはんと卵サンドしか食べたくないならそれしか食べなければいいのである。

なんとなくしか覚えていなかった記憶が、ときどき、じつに鮮明な色彩でもって蘇り、泰子を驚かせた。細長い、ミルク味のするパンを、裸のまま廊下で智と食べたこと。笑いたくなるような尻の冷たさや、乾燥したパンのかさついた感じ、炭酸飲料のにおいのする智のなまあたたかい息まで、一瞬にして蘇る。かと思うと、茶の間に座ってテレビを見ている、今より三十歳ほど若い直子を思い出すこともある。直子は背後から抱きついても膝を枕にして寝転がっても胸を両手で触っても、嫌がらずされるがままになっていた。あのころと同じ顔ぶれで同じ場所にいる不思議を泰子は思う。これが縁というものなのだろうか。縁があるから私たちはここに集まったのか、それとも、三十年前に縁を結んだのだろうか。右へも左へも今ならいけると以前思ったけれど、そんなのはまやかしで、そもそもの最初から私にはこちらの道しか用意されていなかったんじゃないか。

ある日帰宅するとアルバイトの智はまだ帰ってきておらず、直子は所定の場所に置物のように座っている。台所に直行した泰子はカレーもシチュウもないことにほっとして、冷蔵庫から小分けにしておいたごはんを取りだし、少し考え、茶の間にいった。直子の向かいに座り、ごはんのラップを外す。音量をおさえたテレビには、大盛りの餃子が映っている。お笑いタレントがその量に大げさに驚いている。

「飲む？」直子が焼酎の紙パックを押しやりながら訊き、

「いらない」泰子は答えてごはんにごま塩をふり、コンビニエンスストアで買ってきた冷や奴に醤油をかける。

「この家で暮らしていたの、覚えてる?」テレビを見ながら泰子は訊いた。

「ああ、うん」という興味のなさそうな答えは、覚えていないと言っているように泰子には聞こえた。

しばらく黙って泰子は食事を続けた。直子も何も言わず、焼酎をすすり、ときどき「ウケッ」と聞こえる声で笑った。もうだいぶ古びた冷房の、からからいう音が響く。

「直子さんてさ、何になりたいとか、そういうの、なかったの」ごはんを半分まで食べたところで、泰子は訊いた。

「ええ? ううん、なんに、か。私はね、お店やりたかったかな。喫茶店。スナックでもいいけど」

テレビを見たまま、ぼんやりした声で直子は答えた。

「でも、やんなかったんだ」

「そうだね、お金がいるし」

お笑いタレントは餃子を三分の二ほど残し、口のまわりを脂でてからせて、もう食べられないと言っている。まわりにいるタレントたちが腹をおさえたり背をのけぞらせたりして笑っている。

「いつがいちばんしあわせだった?」

訊きたいのはこんなことではないんだけれど、と思いながらも泰子は訊いた。直子はテレビから視線を外して驚いたように泰子を見る。ずっと飲み続けているわりには目に力があると泰子は思う。

「子ども産んだとき？　子どもの父親と結婚できると思っていたとき？」

「いやー」ため息のようなかすれ声で直子は言い、「そーんなこと、考えたことなかった」驚いた顔のまま、言った。

「直子さんは、知らない人のうちに住み着くけど、そういうとき、どういう気持ちなの？　こわいと思ったりしないの？　ずっとそこに住もうとか、この人とずっといようとか、そういうことは考えないの？」重ねて泰子は訊く。訊きたいのはこんなことではないんだけれどと相変わらず思いながら。

「あー、だって私にはわかるんだもんよ、この人はいい人だって。だいたいね、こっちが困っているときに声かけてくれる人に悪い人はいないよ。だからだいじょうぶ」

「じゃあさ、どうしてそこんちを出てきちゃうわけ？　宗田さんも石屋のおじさんも、いい人だったわけでしょ」会話は成立しているのに、だんだん泰子は苛立ってくる。

「いや、いい人だよ、あの人たちはいい人」

「だから、なんで出てきちゃったの、そこを」

「なんでってあんた、智がいっしょに暮らそうって言うから」

いいや、会話は成立していないんだと泰子は気づき、ため息をつく。人に説明できる理由なんか、この人の内側にはないのだろうと考える。

「ここの家を出ていったときのこと、覚えてる？　あれって、私の父親に出ていってほしいって言われたの？　それとも、石屋を出てきたみたいにふらりと出ていったの？」

それでも訊かずにはいられないのだった。

直子は空になったコップに口をつけ、空だと気づかずくいと飲み、そうしても空だと気づかないのかくちびるを舐めてコップをもてあそび、はっと顔を上げてかたわらに置いたボストンバッグを引き寄せて、ぼろぼろのノートを取りだす。横からのぞくと、黄ばんだページにのたくった文字で住所がたくさん書いてある。

「ああ思い出した、あんときはね、ここの人、本当にいい人で、いつまでもいていいって言ってくれたんだけど、別居していた奥さんが戻ってくることになって、それで、その人もいい人で、ここで暮らせばいいって言ってくれたんだけど、やっぱりさ、悪いじゃない、ご夫婦もののところにいつまでも。それで出ることにしたんじゃなかったっけな」

「嘘っ！」気づいたら立ち上がって怒鳴っていた。「嘘つかないでよ！　忘れたなら忘れたでいいからさ、嘘つくのはやめてよ！」怒鳴りながら、そんなに大声をあげている自分に、泰子は自分で驚いていた。

「嘘じゃないよ、だって辻井さんだろ、ここんちは」

直子の口から自分の姓が発せられたことに泰子は戸惑い、直子の目の前にある空のコップをつかんで床に投げた。コップは割れず、ころころ転がる。直子は目を見開いて泰子を見上げる。

「あんたがきたから私の母親は出ていったんでしょ、あんたは私の父親と恋愛していたんでしょ、酒で記憶が朦朧としているなら素面《しらふ》になって思い出してよ！」

「恋愛なんか」ちいさい声で直子は言った。「恋愛なんか」さらにちいさい声でくり返す。そして口をもぐもぐさせたかと思うと、うつむいて、それきり何も言わず動かない。大声を出したが怒っているわけではなかった。泰子は背を丸めてうつむく初老の女に、幼いころのように抱きついたり膝に寝転がったりしたい衝動を覚え、その意味のわからない感情を持て余して立ち尽くす。

玄関の戸が開く音がし、続いてただいまあと間延びした声がする。泰子はばつの悪さを感じたまま、ごはん茶碗と冷や奴のパックを持って台所にいった。冷蔵庫を開け水を飲む。ただいまあ、と台所に智が顔を出し、泰子は無視して空のパックを捨てる。どうやら自分は、すがるように信じているのだと気づく。あの女がやってきて、母が出ていって、自分は何か馬鹿でかいものを失って、人生がそれで変更して、今、その変更した先にいる、本来ならばきっといなかった場所にいる、そう信じたいのだ。そうでなければ困るのだ。そうでなければ、とても、直視できないのだ。今の自分も人生も。

秋になる前に、直子は姿を消した。

アキダイから帰って、テレビの音がまったくしないことに、泰子は靴を脱ぎながら気づいた。茶の間をのぞくと、ちゃぶ台に焼酎のパックと空のコップは置いてあったが、直子の姿はなかった。同じ場所にいるのを見続けていたせいで、直子がいないというよりも、直子の不在がそこに居座っているようだった。しんと静まり返ったちゃぶ台で、泰子は買ってきた弁当を食べた。医者に栄養バランスと体重の増加を注意されたのが三週間前で、ようやく冷やごはんと卵サンド以外のものを食べられるようになったのが十日ほど前だった。表示されたカロリーのいちばん少なかった「ロハス弁当」を広げ、自分の映っている灰色のテレビ画面を見つめて黙々と食べる。

左手をのばして紙パックを持ち上げてみると、空だった。空のパックをしばらく眺め、元に戻す。二人でここで話したときの、冷房のからからという音を泰子は思い出した。冷房も必要ないくらい涼しくなった今はその音もしない。

九時過ぎに帰ってきた智に、

「直子がいなくなった」と、襖から顔を出して告げた。

「え、また?」と言う智の顔に、うっすらと、けれど確実に安堵が広がったのを泰子は見て取る。

「さがしにいったほうがいいかな」思ってもいないことを泰子はとりあえず言ってみる。

「いいよ、石屋に戻ったんだろう。明日電話してみる」智は言い、茶の間に入ってきて弁当を広げた。さっき泰子が、体重を注意されていなければこっちを食べたいと思った、チキン南蛮弁当だった。

「今電話してみたら」智のジーンズのポケットからはみ出ている携帯電話を抜き取り、ちゃぶ台の上にのせて泰子は言う。

「いいよいいよ、子どもじゃないんだし」智は言ってかきこむように弁当を食べる。

こわいんだろうと泰子は想像する。石屋のところにもしいなかったら、こわいのだろうと。たぶん今、智も自分と同じ光景を思い浮かべているのではないか。駅舎でぽつんと座っているちいさな直子の姿だ。物欲しげな顔もしていないし、だれかさがすように視線をさまよわせてもいない。ベンチにただ座って、もしかしたらカップ酒を手にして、自分の手元を見て、静かに座っている。電車がやってきて、乗客を降ろし、また走り去っていく。夜はどんどん濃くなり、空気は冷たくなり、でも、彼女は焦ることも途方に暮れることもなく、ただ、座っている。だれかが彼女にあたたかい食事と寝床を与えてくれるまで。それを、自分も、実の息子の智も、しかしどこかで願っているように泰子には思える。

智が空の弁当の箱をちゃぶ台に置いたのを合図のようにして、携帯電話が鳴り出した。ディスプレイに「宗田」と出たのを、泰子は見てしまう。ち、とちいさく舌打ちをして、智は電話に出る。あーどうもー、あーいえー、そうっすねー、と軽い調子で言いながら、弁当の箱を片手に、部屋を出ていく。声は遠ざかり、何を話しているかは聞こえなくなる。泰子は背を丸めてちゃぶ台に顎をのせ、そこに確固として在《あ》る、直子の不在を見る。

戻ってきた智に、「なんだって、宗田さん」と訊くと、

「いや、いつもの電話。直子は元気かって」智は面倒くさそうに答え、畳に横たわりテレビのリモコンをいじっている。

智に聞いたところによると、直子が智といっしょに暮らすことになった段階で、宗田さんはずいぶんと喜んだらしい。喜んだ、というのはもちろん、よそにいかれるよりはそっちのほうがいい、というような意味合いである。「そうだよ、二人きりの母子《ははこ》なんだから、いっしょに暮らして当然だよ」と電話で何度も力説したという。そうして直子が智のアパートにやってきてからは、三日に一度は必ず智宛てに電話をかけてきて、直子は元気か、帰りたいときはいつでも帰れと伝えてくれと言い続けているらしい。

「それにしてもさ、ずいぶんな執心だよね、宗田さんって」

泰子も寝そべり、折った座布団に頭をのせて智のつけたテレビを見やる。タレントが二人、鮨屋のカウンターで鮨を食べている。ひとつ食べるたび体をくねらせておいしいと高い声をあげる。

「ほかにすることないんだろ」

「それにしたって」泰子は言いかけ、口を閉ざす。それって愛とかそういうのなのかな、

と言おうとして、その言葉をのみこみ、「それで、またいなくなったって言ったの？」べつのことを口にする。

「言わなかった。騒ぐとあれだから」

「ずっと言わないつもり？」

「もう少ししたら、連絡くると思うから、石屋かべつのところか、落ち着いたら連絡くるはずだから、そしたら伝えると思うけど」

　寝そべって言う智を泰子は見る。まったく知らない男が、そこにいる気がする。この人は本当に慣れているのだなと泰子は思う。だれかがいて、いなくなって、そのだれかはまったく関わりのない他人の現実に闖入していき、そこから余波的に現実が様相を変え続けていく、そういうことに、指の先まで慣れているのだな。だからどうということはない。ただ泰子は不思議に思うだけである。ふつう、人は、そういうことを避けて、できるだけ避けようとして生きているのだと、最近になってようやく泰子は気づいた。自身の現実を変えないよう、変えさせられないよう、他人の現実を変えないように、注意して生きている。でも、この母子はそうではない。まったくおそれていないばかりか、そういうものだと思っている。生きていくというのは、他人の人生に闖入し、一変させ、とりかえしのつかないことを次々と起こし、後片づけを放ってまたそこを出ていく、そういうものだと思っている。

「お風呂を洗ってくれるかな。あとゴミたまってたから、捨てといて。あ、十二時過ぎに捨ててよね。また文句言われるから」

うぃーす、と、乗り気ではない声を出し、それでも智は立ち上がって風呂場へと向かう。水の音が続いて聞こえてくる。今は胎児の動いていない腹を、泰子は撫でさする。父親であるとか直子のように、きっと智もある日突然いなくなるだろうと泰子は思う。そういうふうにしかできないのだろうと思う。それを自分は受け入れるのだろうとも、予感する。あの幼かった日のように、突然やってきた彼らを疑問もなく受け入れ、彼らとの別れも、抵抗しながらも受け入れるしかなかったように。

直子が出ていってから臨月を迎えるまでに、めまぐるしくいろんなことが起きた。あんまりあわただしかったせいで、泰子には出産が引っ越しのように感じられた。しかしながら、実際に引っ越しなのかもしれないと、部屋の隅に置かれたボストンバッグを見て思う。バッグには、早産の可能性も踏まえ、病院に直行できるようパジャマやタオルや洗面用具、アキダイの送別会で尾上さんや久間田さんがくれた新古とりまぜたベビーグッズなども入っている。今とはべつなところに引っ越して、その見知らぬ場所で生活がはじまる。実際は、直子と智と暮らした記憶を持つこの家で、生活は続いていくわけなのだが。

まず泰子がアキダイを辞めるのと前後して、智の就職が決まった。大平産業という社名の会社で、実際にやることは清掃業務である。新築一戸建てやリフォーム後の家を引き渡し前に清掃したり、契約しているビルを夜間清掃したりするらしい。月のうち一週間は夜間勤務で、一ヵ月の給料は交通費別で二十六万円程度、とのことだった。

就職祝いにと、泰子は智を誘って駅近くにある回転寿司屋にいった。安いわりにネタが新鮮でおいしいとアキダイでももっぱらの評判の店である。その日も午後八時過ぎに着くと行列ができていた。せっかくきたのだからと二人で最後尾に並んだものの、順番が近づくにつれ、泰子は何かドラマや映画のまねごとをしているみたいで鼻白んできた。行列が苦手らしい智も次第に不機嫌になってきて、席に着いたときには二人とも無言のまま、流れてくる皿をよく見もせずにとって、黙々と食べた。

赤ん坊が生まれてもこんなふうかなあと泰子はその日の帰り、漠然と考えていた。自分には母親がおらず、智の母はあの直子である。お宮参りとかお食い初めとか、七五三とかそんなことをまるきりせずに暮らしていくのだろうか。そういうことに智はまったく無知だろうし、自分はこんなふうに白けて照れていやになってしまうのだ。そうして育つのは、いったいどんな子なんだろうか。

どこか気まずい就職祝いのその夜、直子から智に連絡があった。水戸にいる、と言ったそうである。

ずっと前、陶芸家のところから逃げ出して雇ってもらった水戸のスナックをふと思い出し、なつかしくなって、今もあるかどうか見てみようと思って出向いてみた、そうしたらなんとスナックは今もあり、当時のママの娘が働いており、昔話に花が咲き、今はスナックの常連の家に泊めてもらっているが、近々戻る。

「だってさ」と、電話を切った智は説明した。手には、書き殴ったらしい連絡先のメモがあった。

昔話に花が咲き、と、常連の家に、がどのようにつながるのかわからないところが相変わらず直子だ、と思いながら、「へえぇ」と、泰子は言った。戻ってはこなかろうと智も思っていることが泰子にはわかった。

それから一週間後、来客があった。智は仕事で留守で、泰子は朝は起きたものの眠たくなって、このところ敷きっぱなしの布団で寝ていた。玄関のドアが騒々しくノックされ、出ていくと中年女が二人、何やら殺気だった雰囲気で立っている。二人は突き出た泰子の腹に一瞬驚いたふうだったが、すぐに殺気だった顔つきに戻り、けれどちらちらと腹を盗み見ている。

「宗田の娘です」とひとりが言い、ソウダ、が、宗田に変換され、直子の顔が思い浮かぶまで、少しの時間がかかった。

ああ、と言ったまま泰子が黙っていると、もうひとりのほうが、「よろしくて？」と、奥を見やって言った。上がってよろしいかと訊いているのだと理解するのに、またしても少しかかった。

散らかっているが、片づいている部屋がほかにあるわけでもないので、泰子は二人を茶の間に通した。二人は並んでちゃぶ台の前に座り、開いたまま隅によけてある雑誌やスポーツ新聞や、輪ゴムで口を留めてあるスナック菓子の袋や、洗濯物の山や、ビールやジュースの空き缶や空きペットボトルや、綿埃やひっくり返ったスリッパや、そんなものをひととおり眺めまわしては、また、泰子の腹をちらちらと見た。

「直子さんていうのは……」不自然に真っ黒い髪を短く刈りこみ、ベージュのコートに派手な花柄のストールを巻きつけた女が、コートも脱がないまま言い、

「ああ、この子の父親の母親なんですが」泰子は自分の腹を撫でさすりながら言い、へんな言い方だと言ってから思うが、しかしまだ籍を入れていないので「夫の母」も違うし「義母」ももっと違う、と律儀に思う。それにしても私たちは籍を入れるのだろうかと、そんな余計なことまで考えながら、「九月ごろまでここにいたんですけど、といっても、いたのは一ヵ月くらいなんですけど、今はいません。私も詳しくは知らないんですが」と、説明した。

二人はまるで演じているように顔を見合わせ、そうしてもうひとり、肩までのパーマヘア、こちらはコートを脱いで膝に丸めて置いている、刈りこみよりは少し若く見える女が、

「今どこにいるかご存じなんでしょう」と、眉をひそめて訊く。

「水戸とは聞いてますが、水戸のどこかまでは知りません。智、って、その、直子さんの息子ですが、智なら連絡先を知っていると思いますけど、連絡先って電話番号だけで、住所は知らないと思います」あの日智が手にしていた紙きれを思い描きながら泰子は言った。じつにていねいに説明している気分だったのだが、

「隠したってなんの得にもなりませんよ」

刈りこみが勝ち誇ったように言う。

「しかるべきところに出たっていいと私たちは話し合っているんです」

援護射撃をするように、パーマがつけ足す。

「はあ」何がなんだかわからない泰子はうなずき、あ、この感じ、と、ふと思う。山信太郎といたときの、彼の家族に会ったときの、結婚話が進んでいくときの、あの、安心感がありながらまったく違うルールでゲームをさせられているような、かすかな疼痛《とうつう》にも似た違和感。「隠すつもりはなくて本当に私知らないんです、あの、私はこの子の父親と籍も入れていませんし、直子さんは一時期ここにいましたけど、一ヵ月くらいだし、よくいなくなるって聞いていて、智もさがしていないようですし」

二人はまた、顔を見合わせる。

「何もご存じないんですか」

「宗田のことも」

ほとんど声を合わせる。

「知ってます。そのあと、石屋を営む方にお世話になっていたことも。石屋の方は私も会いました。宗田さんはお名前だけしか」

二人は、真偽のほどを判定するかのようにじっと泰子を見つめる。二人はよく似ていて、二羽のインコのようだと泰子は思う。

「父が、そんなの法的に不可能だと言っているのに、全財産をあの女に相続させると言ってきかないんです」

「父はそんな人ではなかったんです。よく知らない女を家に上げたり、財産を赤の他人に渡そうとしたりするような。母が亡くなるまで母一筋で、まじめで。女の人がいる飲み屋にだっていったことないような人なんです」パーマヘアが言い、刈りこみがうなずく。やはりどこか芝居がかっていて、泰子は窓の向こうの、雑草の生い茂る庭に目を凝らす。これから本格的な冬になっていくのに、窓の外はまるで夏のような陽射しである。その白々とした光と、部屋の暗さ、見知らぬ女たちという組み合わせは、ますますもって非現実的で、泰子は自分が子どもになったような錯覚を味わう。直子と裸の男の子のいた、気だるい空間が色濃く立ち上がる。

「だまされているに違いないんです。一歩間違えれば犯罪です。いえもう犯罪かもしれない。出るところに出る前にそのあたりのこと、はっきりさせようと思って、父を問いつめて、ここの場所を聞いたんです」

出るところってどこだろうと思いながら、

「水戸の話は聞いていないんですか」泰子は訊いた。

「どこにいてもいつかは戻ってくるって。孫が生まれるんだから、戻ってくるはずでしょう」

泰子は、先ほど感じた違和感の正体を突き止めたような気になる。そうなのだ、世のなかにルールは一種類であるべきなのだ。孫が生まれたら戻ってくるはずだし、結婚話が進んだらほかの男と子どもを作ったりはしない。子どもは服を着て学校にいくべきで、女は見ず知らずの男の家においそれとついていってはいけないのだ。ルールは一種類で充分だ、いくつもあっては混乱するだけだ。泰子は、見知らぬ二人の手を取って、わかりますと言いたくなる。わかります、私だってそう思う。でも、違うのだ。世のなかにはいくつものルールがあり、もしくはまるきりそんなものはない。身をもってそう知らされることはほとんど恐怖なのだということに、今、泰子は気づく。

「直子さんは今、違う男の人のおうちに住んでいると思いますよ。宗田さんに説明するように智に言っておきます。まさか、見ず知らずの男の家に住んでいる女に、財産を渡すとは言わないいんじゃないですか」言いながら、いや、でも、言うかもしれない、ルールなんてないのだからと泰子は思うが、もちろんそれは口には出さない。

二人は、自分たちの連絡先を書いて帰っていった。お茶を出さなかったなと玄関の戸締まりをして茶の間に戻り泰子は気づくが、しかし出してもきっと二人は口をつけなかっただろうと、部屋を見まわす二人の顔つきを思い出す。ガラス戸から射しこむ長方形の日溜まりに、泰子は寝そべる。子どもがでんぐり返しでもしたかのように腹の内側が波打つ。あの二人も、直子によって人生を変えられたと思うのだろうかと、うとうととまどろみながら泰子は思った。宗田さんは、直子に出会いさえしなければぼうまうまと逃げられたかもしれないのに。ルールがひとつの場所で生き、死んでいくことができたかもしれないのに。

さらにもうひとつ、だめ押しのように起きたできごとは、直子の入院である。十二月に入ってすぐ、見知らぬ男から智宛てに電話がきた。直子が血を吐いて倒れ、そのまま入院したという。智は男が教えた水戸の病院に、いくいくと言いながらまったくいこうとせず、ちゃぶ台には、直子の連絡先を書いたメモ、宗田さんの二人の娘の連絡先が書かれたメモ、直子の入院先のメモが、重ねて置かれていた。醬油や油染みで、それらは日に日に汚れていった。

十二月半ば過ぎに、予定日より早く陣痛がきて、泰子はタクシーを呼び、ひとりボストンバッグを持って家を出、病院に向かったのだが、分娩室に入るまでの十数時間、なぜか幾度も幾度も、重ねられた汚らしいそのメモが思い浮かんだ。

もともと酔っぱらって現実と夢と空想の区別があまりついておらず、あえてつけようともしなかった直子は、病院でも、何がどうなっているのかよくわかっていなかった。何日も眠ったようでもあり、夜中に見知らぬ人たちに連れ出され延々車に乗せられたようでもあり、強烈な渇きに苦しんだようでもあり、頭痛と胃痛に悲鳴をあげたようでもあり、あの世にきてしまったようでもあった。ときおり見知らぬ男がきて親切にしてくれるので、あれが飲みたい、これが食べたいと言ってみたりもした。いくつかは飲んだり食べたりでき、いくつかはできなかった。とくに、酒。酒はどんなに懇願してもだめだった。見知らぬ男のほかにやってくるのは看護師と医者で、看護師は幼児に話すような甘い声を出しながら、衣類もおむつも替えてくれるから直子はそれをうれしく思い、医者は何を言っているのかさっぱりわからないから何を言われてもうなずくことにした。

やがてそろそろとなら歩けるようになって、そのころには胃痛も頭痛も渇きもだいぶ楽になり、ああここはまだあの世ではないらしいと直子は気づくのだった。

歩けるようになった直子はまず、病院の外に出てコンビニエンスストアをさがした。こっそり酒を買おうと思ったのである。しかしその病院はどこに位置するのか、やけにトラックばかり走る国道があり、国道を挟んだ向かいに花屋と本屋と中華料理屋があるきりで、見渡すかぎりほかに店らしいものは一軒もない。直子は中華料理屋に引き込まれるように入り、席に座ってビールを注文してみたが、「ごめんなさいねえ、うち、入院されてるかたにお酒類出さないのよォ」と、厚化粧の従業員に言われ、水だけ飲んで出てきた。

もしかして、霊安室に供えられた酒があるのではなかろうかと直子が思いついたのはその二日後で、霊安室をさがして病院内をうろつきまわり、貧血を起こしてまたしても倒れ、気がついたら八人部屋の自分のベッドに寝かされていた。

東原さんね、また飲んだら今度は死んじゃうよ、本当に死んじゃうよ、と、医者がこのときばかりは直子にもわかる言葉で言ったのだが、死んでもいいから飲みたいと直子は思い、思っただけでしかし口にはせずにやにや笑った。それからまた、朦朧と現実と夢と空想の縁が溶けはじめ、妙に心地よく目覚め、ああ酒を飲んだから死んだのだな、と思うときもあれば、ああずいぶん長い夢だったな、といつに戻ったのかわからぬままに思うときもあった。ごはんが出されれば食べ、トイレにいきたくなればのそのそ歩いてトイレに向かい、それ以外は眠り、起きると霊安室をさがすためにベッドを抜け出し、きまってナースセンターのだれかに見つかり、甘ったるいやさしい口調で部屋に連れ戻された。直子には、いつが一日の区切りなのかもよくわからなくなっていた。

見ず知らずの女が赤ん坊を抱いてやってきたときも、夢だろうと思った。智の子ども、あなたの孫だ、とその女は言って、赤ん坊を押しつけてきた。直子は受け取りたくなかった。それでとっさに両手をひっこめた。受け取ってしまったら、またやりなおさなければならない気がして、直子はおそろしかった。やりなおす、つまり、赤ん坊を産み落としたところから今までを。なのに女は頓着せず、ぐいぐいと押しつけてくる。夢だからいいや、夢だもん。直子は自身に言い聞かせ、しょうがなく赤ん坊を受け取る。ずしりと重たい生ぬるい生きものは、そのとたん顔をゆがめか細い声で泣いた。直子は両手をのばして赤ん坊を女に戻そうとしたが、思ったように腕が上がらない。こんなにちいさく見えるのに赤ん坊が重いのか、それとも腕に力が入らないのか、直子は不思議に思う。そうして、歯もない口を開けて泣く赤ん坊を床に落としてしまいたくなる。

名前は明日花、明日の花と書いてあすか、ずいぶんたいそうな名前だけど智がつけたんだと女は言う。あしたのはなと聞いても、直子はすぐには漢字を思い浮かべることができない。

看護師がカーテンの隙間から顔を出し、直子ちゃあん、お散歩してきていいわよう、今日はもうだいぶあたたかいからねえ、と猫なで声で言う。散歩なんかしたくもないのによけいなことを言う、と直子は忌々しく思う。女はそれを真に受けて、「それじゃ、いきましょうよ」と直子の肩に触れる。腕のなかの赤ん坊といい、散歩といい、意に染まぬことばかりで直子は地団駄を踏みたいくらいいらいらする。

病院に庭が、しかも校庭のように広い庭があると直子は知らなかった。直子は杖をつきながら、へんな布切れで体に赤ん坊をくくりつけた女と歩く。女は直子に合わせているのか、のたくらのたくら歩く。赤ん坊はもう泣いていない。あぶあぶと、ちいさく声を出している。木々が陽射しを受けて、葉の輪郭をいちいち光らせて目が痛むほどまぶしい。中央に四角い池がある。寝間着姿の男が数人、煙草を吸っている。急に池から水が飛び出る。噴水という言葉がなかなか出てこず、直子はぼうっときらめく水しぶきを眺める。

智の子どもだと、ふいに、唐突に直子は理解する。さっき自分が抱いたのは、智とこの女のあいだにできた子ども。そうだ、このあいだまでいっしょに暮らしていた女の……そこまで考え、直子の思考は鈍る。あの家でいっしょに暮らしていたのは女だったか、男ではなかったか。男とちいさな女の子ども。いや、そうじゃない、大きくなった智と、智の子を宿した女だったはず……そうだろうか？　直子の鼻先に、いろんな場所で嗅いだにおいが漂う。ドアを開けたとき漂っている、それぞれの家のにおいだ。そこに居着くと二日ほどでかならずわからなくなってしまう、あのへんなにおい。直子さん、と女が呼ぶ。女に言われると自分の名ではないようだと思いながら、うん？　と直子は女を見上げる。

「智の父親のこと、思い出すことある？」

智の父親？　だれだ、それは。直子は考え、考えた末に思い出したのは、この女とたしかに自分はいっしょに暮らし、そうしてこの女はまったく答えられないようなことを次々訊いてきた、ということだ。そもそも直子には女の質問の意味がわからなかった。こうじゃなかったらどうだったかとか、あのときはどんなふうに思ったかとか。直子にはものごとを言葉で考える癖がなかったし、今ある状況以外のどんな場面も仮定するということがなかった。

「智の父親のこと思い出すことある？」

黙っていると女はくり返した。何か言わなければ延々同じことを訊かれるのだろう、拷問みたいに。直子はあわてて言葉をさがす。

「ないよ、だっていっしょに暮らしていないからね」

「籍も入れてもらえなかったんだもんね」

「せき？　ああ、籍、そうだね」

「もしその人といっしょになっていたら、こんなふうじゃなかったって思うことある？」

またわからない質問だ。直子は逃げ出したくなる。もう少し身軽に動ければ、走って逃げることだってできるだろうに。少し飲めば力がわいてくるのに、店がないんじゃどうしようもない。霊安室もまだ見つけられずにいる。

「あそこに座りたい」

話題を変えるように直子は言う。少し先にベンチがある。だれも座っていない。どっこいしょ、と声を出してベンチに座る。その隣に女も座る。女は赤ん坊を布から出して抱く。赤ん坊はじっと女を見て、ソーセージみたいな脚をばたばたさせている。

「もしその人といっしょになっていたら」

女はまたくり返し、質問から逃れられなかったことに直子は落胆し、苛立ちはさらに募る。

「わかんないんだよ、そんなこといちいち」それで思わず、言っている。「もしとかあのときとか、そういうの、私わかんないんだから、そんなふうに訊かれても困っちまうだけなんだよ」言いながら、何か、不思議な光が広がるのを直子は感じる。雲の切れ間かと空を見上げるが、さっきから空には雲ひとつない。その光が、視界の外ではなく自身の内側にあることに直子は気づく。ずっと、どのくらい長いあいだかわからないくらいずっと長いこと、自分を包んでいた深い霧が、瞬時にして晴れ渡ったように感じる。手さぐりするしかできず、かたちも色もよくわからなかったものが、今、はじめて全貌をあらわにしつつあるように、直子は感じる。記憶が鮮明に浮かび上がる。しゃがみこんでゴミを拾っている。ゴミの山から、アルミや屑鉄をさがしては、バケツに入れる。最初に感じたいやなにおいはもうしない。鼻が慣れてしまったのだ。缶の縁で手を切らないようにしなければいけない。真っ黒にすすけた人形がゴミの山からあらわれて、直子はそれをポケットにねじこむ。つきがとってもあおいからあ、と甲高い歌声が、どこかからくり返し聞こえる。幼い直子はふと手を止めて、どうして今、ここにいるんだろうと考える。そしてまた、さらに思い出す。ここにくるまでのこと。今に至るまでのこと。

家族でうんざりするくらい長いこと列車に乗っている。家族はボックス席を陣取っているが、列車は混んでいて、客がボックス席の隙間にも立っている。直子は母親の膝を降りて、母の脚を抱くようにして床にしゃがみこんでいた。母の膝には荷物があり窮屈で、父の脚のあいだには兄がおり、そこしか落ち着いていられる場所がなかったからだ。人の脚の、かたまりのような臭気と、床から這い上がってくる油のにおいに胸が悪くなったが、ほかにいく場所もなく立ち上がることのできる空間の余裕もなかった。床は黒ずんだ木で、さわるとねっとりと油じみていた。腹が減って、のども渇いている。父も母も、見知らぬ大人たちも、みな怒ったような顔つきをしている。いつおりるの、もうおりるの、と幾度かくり返し、途中で父にうるさいと怒鳴られたのでもう訊けない。じっとそこにいるしかない。どこにいくのか、これから何が起きるのかわからないが、そこにいるしかないことを直子はいやというほど思い知らされる。ずっとあの列車に乗っていたような気がする。今、霧が晴れ渡った今の今まで、ずうっと。

直子はもぞもぞと動く赤ん坊に目を移す。目の澄んだ赤ん坊は、そういえば赤ん坊のころの智によく似ている。直子は手をのばし、赤ん坊を抱き上げる。布切れが足に引っかかあんぼう。あわてて女が赤ん坊を布から抜きとって、直子に手渡す。あたたかく、やわらかく、しっとりと重い生きものが、全体重を自分に預ける。あなたの赤ん坊だと言われて渡されたとき、泣きたいくらい戸惑ったことを直子は思い出す。母親になりたいなんて一度も思ったことはなかった。好きな男といっしょにいられたらいいなと、ただそれだけを思った。その気持ちがどうしてこんな生きものに姿を変えるのか、直子にはわからなかった。だれかがなんとかしてくれるだろうと思うしかなかった。でも、だれもなんとかしてくれなかった。男はいっしょにはいてくれなかったし、母親はまだ智に手がかかるときに亡くなった。とりあえず今日を過ごさなければならなかった。けれども思い返してみれば、それ以外のやりようを直子は知らないのだった。くさく不潔な列車の床にうずくまっていたときのように。

助けてやると言われれば、だから助けてもらった。泊まっていいと言われれば泊めてもらったし、当座の金だと渡されればそれを当座、使った。危険な目にあったことはなかったのかと面倒をみてくれただれかに幾度か訊かれたように思うが、どんなことを「危険」というのか直子にはよくわからなかった。殺されそうになったことはもちろんなく、奪われるようなものは何も持っていなかった。直子が持っている唯一のものは智で、けれどその智だって、もし奪われたとしてそれが危険なことなのかどうかすら、直子にはわからなかった。自分といるよりもずっと安全かもしれない。そんな自分をおかしいとも直子は思ったことがなかった。比較すべき対象を何ひとつ知らなかったからである。そしてじっとしゃがみこんでいれば、どこかにはたどり着いた。あの列車のように。

「もし、とかね」直子は霧の晴れたような光に目を細めて、口を開いた。女が自分を見るのがわかる。「あのとき、とかね、いくら考えてもどうしようもないだろ、だったらそんなことを考えないで、今日一日をなんとかして終わらせるんだ、そうすっと明日になるからね、私はさ、そういうふうにしか考えたことがないから、あんたの言うことは何ひとつさっぱりわかんないの」

直子は女に笑ってみせた。歯の抜けた歯茎に舌が触れなければ、直子は今自分が女と同年代だと思いこんだだろう。歯がないのだからずいぶん歳をとったのだろうが、いったい何歳になったんだっけ。女は驚いた顔で直子を見る。何を驚いているのか直子にはわからない。

「もうひとつだけ訊いていいですか」女が言う。

「また質問かい」直子はあきれたように言うが、女はかまわず続けた。

「直子さん、いつから直子さんは直子さんだったんだと思う？　いつからそんなふうだったんだと思う？　父親に連れられて東京にきてから？　父親がいなくなってから？　それとも」

女の言っていることは、またしてもさっぱりわからなかった。もう何も訊かれたくない。

意味のわからない質問はこりごりだ。

「あんたね、何かがはじまったらもう、終わるってこと、ないの。直子だろうが直子じゃなかろうが、東京にこようが父親がいなくなろうが、逃げようが追いかけようが、はじまったらあとはどんなふうにしてもそこを切り抜けなきゃなんないってこと、そしてね、あんた、どんなふうにしたって切り抜けられるものなんだよ、なんとでもなるもんなんだよ」

女の表情がゆっくりと変わっていくのを直子は見る。うれしそうなわけでもたのしそうなわけでもない、ただ何か、興奮したような顔つきになる。この女、抱きついてくるんじゃないかと直子は思う。赤ん坊が湿った手で直子のあごに触れながら、ぐずついた声を出す。こういうちいさな生きものと、ずっと長いこと旅をしてきたと直子は唐突に思う。旅の詳細は思い出せないが、その旅が格別つらいわけでもたのしいわけでもなかったことは、わかる。智の父親のことを思い出すことがあるかと、先ほどこの女は訊いたのだと、直子は今さらながらはっきりと理解する。智の父親だ、ぱったり姿を見せなくなったあの男のことだ。

「女はあんた、母親よ、産めばずっと母親、育てなくたって手放したって産んだって記憶だけはある、だからさ、私みたいのだってとりあえずは母親、でも男はそうじゃない。そうじゃないんだもん、こっちだって思い出したりはしないよね」

直子はいっとき愛した男の顔を思い出そうとしてみるが、思い浮かぶのは白髪の男である。最近ともに暮らしていた男だ。直子をスーパーマーケットの婦人服売場に連れていき、ナオさんこういう女らしいカッコしなよ、と小花柄のてらてらしたワンピースを買ってくれた。

男はどうやって自分がその子の父親だと知るのだろうと、そんなことを直子はふと不思議に思う。信じるしかないのだろうか。その子が自分の子だと、信じて引き受けるしかないのだろうか。あの男は、今では顔も思い出せないあの男は、信じられなかったのだと直子は気づく。直子の腹に入っているのが自分の子だと信じられなかった。父とはなんと脆《ぜい》弱《じゃく》な存在なのか。愛する前に、まず信じなくてはならないのだから。

そこまで考え、直子は目を見開く。四角い池の真ん中で、水が勢いよく噴き出す。ガラスの破片をあたりいちめんにばらまくように水は放出され、やがてぴたりと止まる。池の表面がさざ波だち、広まりながら揺れ、コンクリートの縁からたぷたぷと水があふれる。何か、わかりそうになる。今まで考えたこともない何か、触れたこともない何か、言葉にしたこともない何かが、直子のなかでわかりそうになる。自分がなぜ今まで、生き延びてこられたのか。移動した先で、なぜいつも生活することができたのか。ずっと当然だと思っていたことだが、なぜそれが当然だったのか。奪われる何も持っていなかったから、彼らを信じさせることができたのだ。この人は弱い、自分よりはるかに弱い、庇護せねばならない、だから愛することができる、愛しても傷つけられることはない。

「そう信じなきゃ、生きていけないのかもしれないよね」

直子はそうつぶやいてから、その言葉の意味をさがす。

「すごい」隣に座る女が、目を見開いて直子をのぞきこんでいる。

「はあん？」何がすごいのかと訊き返すと、

「私たち、話してる」と、女はまた直子には意味のわからないことをつぶやいた。

ねえあんた、智はどうだろうね、いつのまにか私よりでかくなって、私のことを邪魔だと思いはじめたあの子は、自分がこの赤ん坊の父親だと、信じ切ることができているんだろうかね？　直子は胸の内でつぶやくが、そのつぶやきを舌にのせることはない。そのかわり、考えるより先に言葉が口をついて出る。

「ねえあんた、あっこの中華料理屋で瓶ビール一本買ってきてくんない？」


直子が亡くなったという連絡を受けたのは泰子で、その知らせ自体にも、連絡をしてきたのがまるで知らない男だったことにも、泰子は驚かなかった。最後に会ったとき直子には死相が出ていた、ように泰子は思うのだった。死相というものがどういうものか知らないのだが、瞳は膜がはったように白く濁り、目は落ちくぼんでいるのに顔全体がむくんでふくらんで見えた。しかしそれより何より、そのとき、奇跡的に直子は素面だった。素面であるばかりか、まともだった。幼少期のおぼろげな記憶を掘り起こしてみても、話の通じた直子というのは、正真正銘あれが最初で最後だった。ああ、この人死ぬんだなと、話しているとき泰子はちらりと思ったのだった。

しかしそうだろうかとも、泰子は同時に思っていた。それならば父とは、ひょろりさんとは、智とは、太郎とは、私は通じる言葉で会話してきたのだろうか。考えると急に心許なくなる。

ともあれ、あの晴れた初春の日、ほんの数分だが、直子と話すことができたと泰子は思っていた。わかり合えた、ではなく、話すことができた、と。

葬儀は、水戸市内にある斎場で行った。出席者は智と泰子、泰子に抱かれた明日花、泰子に連絡をしてきた長沢という名の男と、直子が言っていたスナックの二代目ママの五人である。宗田さんや石屋に連絡をするかどうか話し合ったのだが、「いい、いい」と智は言い続けた。呼んだほうがいいと最初は思っていた泰子も、たしかに、直子を看取ったのが長沢という見知らぬ男だというのは、宗田さんも石屋もおもしろくないだろうと思いなおした。それで結局、呼ばなかった。

隣接している火葬場での待ち時間、大人四人は控え室で二代目ママが持ってきたにぎりめしを食べた。アルミホイルに包まれたにぎりめしは二十三個もあった。

「直子さんとはどこで会ったんですか」泰子は長沢に訊いた。長沢は宗田さんとも石屋とも似ていなかった。喪服を着ていても、まっとうな人ではないらしいことがわかった。泰子の考える「まっとう」というのは、会社勤めにしろ自営業にしろ、長期間社会との関わりを持った人間という意味で、自分や智や直子とは異なる人たち、という理解だった。宗田さんたちとそう年は変わらないだろう長沢の、着ている喪服はへんなぐあいにしわくちゃだったし、うしろでひとつに結わえた薄い頭髪は肩胛骨より長く、智や泰子にきちんと挨拶もせずまた挨拶することを求めもしなかった。智と自分と、そして明日花と同じく、斎場にも葬儀にも不釣り合いな人だった。そのことに泰子は安堵していた。

「うん、ちーちゃんの店」長沢は答え、

「ちーちゃんってあたし」と、二代目ママが赤い唇を横に広げて笑った。

「店に寝泊まりしてるっていうから、寒いだろうからうちきたらって言ったら、うん、いくっつって、きて、そのまんま」

「きーちゃんちの猫といっしょだよねアハハ」

「きーちゃんってぼく」長沢は二代目ママをまねて笑ってみせた。

「猫、いるんすか」なぜその部分に反応するのか泰子にはわからないが智は急に身を乗り出して話に加わる。

「うん、いる、ぜんぶ名前ついてる」

「拾っちゃうの、猫おじさんだから」

「何匹いるんすか」

「うーんと百匹くらい」

「ええっ」

「うそうそ、たくさん、って意味よ。八匹くらいだよね、きーちゃん」

「うん」

「へえー八匹ってでもすごいっすね」

「犬と違うから楽、楽。散歩しないでいいんだし」

安堵は苛立ちとセットになっているのだろうかと三人の会話を聞きながら泰子は思い、質問を重ねる。「あの、どうして直子さんを連れ帰ろうと思ったんですか」

「そりゃ、あそこで寝かしとくのもどうかと思ったしね、うち、汚いけど部屋はあるし。ほら言うじゃん、情けは人のためならず」

「あたしが情けがないみたいに言わないでよ、うちは子どももいるし、泊められないって最初から」

「もしそれが私だったとしても、この人だったとしても、やっぱりそうやって連れ帰りましたか」泰子は二代目ママをなおも遮って自分と智を指して、訊く。長沢は口のなかのかみ砕いたにぎりめしを見せながら、

「やーだ、あんたたちはまだまだ働き盛りでしょ、そんな人の面倒をどうしてみなきゃな

んないの、いやだよあんたたちを連れ帰るのなんて」米粒を飛ばして声を出して笑った。

「そんな、親子で面倒みてもらおうなんて考えてませんよ、おれら、ちゃんと家、あるし」智は四個目になるにぎりめしに手をのばして笑っている。智は、直子が死んだことをかなしむどころか、あきらかにほっとしていると泰子は思う。あきれてしまうが、実際は智の気持ちがわからないでもない。そのことについて直子を気の毒だとは思わない。だってそれが、直子が望んで作ってきた関係でありものごとなのだ。そんなことを考えていると、にぎりめしを半分食べた智が、急にはっとした顔で立ち上がり、「あの、いろいろ、本当にありがとうございました」と長沢と二代目ママにそれぞれ頭を下げて、泰子を驚かせた。

　直子の遺骨箱は智が持ち帰ることになった。泰子は寝入った明日花を抱き、智は遺骨箱と直子の持ちものだったボストンバッグを膝に置き、電車に揺られる。空いた電車の窓の向こうに曇り空が広がっている。まばらな乗客はみな、そろそろと智を見、目が合うとあわてて視線をそらす。

「なんか、まだ子どもみたい」智がふと、言う。

「何、どういうこと」訊くと、

「まだ母親に連れられて、どこか知らないところにいくみたい」と智は箱を見下ろして答えた。

はじまったら終わるってことはない、という素面の直子の言葉がふいに思い起こされる。もうはじまっているのだ、と泰子は思う。智が母親に手を引かれ、未知の場所を目指したときからもうはじまっている。その智が直子に連れられ自分の家にやってきたときから、私にも、べつの何かがはじまっている。そうしてさらに、明日花という、自分たちとはべつの命も、たしかにはじまってしまったのだ。そのどれもが終わっておらず、終わっていない途中に自分たちはいる。あのとき直子が言っていたことが、あのときよりさらにくっきりとわかる。直子はようやく終えたのだ。直子が生きていたことによって、どこかで何かが予想外にはじまることは、もう、ない。きっと。

私たちみんな、子どもみたいに、見知らぬところに連れていかれているのだと泰子は思う。社会の内側にいようが、外側にいようが。だれかによって。何かによって。もしかしたら、会ったこともないだれかの、無意識の気まぐれによって。智に向けて、明日花に向けて、泰子は胸の内でつぶやく。

駅から家に向かう途中、腹が減ったと智が言うので、札幌ラーメンの店に入った。八時前の食事どきなのに、客はだれもいない。店主は口のなかで「らっしゃい」とつぶやき、カウンターに入る。智は味噌ラーメンと炒飯を、泰子は餃子と塩ラーメンを注文した。カウンター奥で店主が調理をしているあいだ、智と泰子は何も言わず、油で汚れたテレビを見上げ、興味もないクイズ番組を眺めた。

餃子と炒飯がまず運ばれてくる。泰子が餃子をひとつ、醬油まみれにして口に入れたとき、目を覚ました明日花がベビーカーでぐずりだした。泰子は左手でベビーカーを揺すりながら食べ続けたが、明日花はそのまま本格的に泣き出した。泰子は箸を置き、明日花を抱いて店の外に出る。おいおい泣くな泣くな、と体を揺らしてあやす。ひとりでここで食事をしたある夜が、唐突に思い出される。太郎の両親に挨拶にいくことを思い描きながら、やっぱりさしておいしくもない餃子を食べていたのだった。そうだあのとき、不幸に追いつかれたと私は思った。泰子は明日花をあやしながら、ガラス戸越しに蛍光灯の灯った店内を見やる。ちいさなテーブル席の向かいで、背を丸めた智がテレビを見上げたまま炒飯を食べている。あそこに追いついた不幸がいる、と思うとおかしかった。果たして追いつかれたのが幸なのか不幸なのか、泰子にはわからない。たぶん一生を終えるときでもわからないままだろう。はじまってしまったことは湖面に広がる波紋のように、幸も不幸もはねつけるほどの勢いで、ただ、こんなふうにはじまり続けるだけなのだ。

泣き声がだいぶおさまってきたところで泰子は店に戻り、味噌ラーメンを食べている智に明日花を押しつけ、テーブルに置かれた塩ラーメンを猛然と食べはじめる。

葬儀を知らせなかったことをなじられるだろうかと不安に思いつつ、泰子は宗田さんと石屋にそれぞれ電話をかけて、ことの次第を伝えた。智がいっこうにやろうとしないからである。宗田さんに関しては遺産の話も娘たちから聞いていたから、どうなるのか気が重かったのだが、まったくあっけなく会話は終わった。石屋は「まあー、まあー」と合いの手のようにくり返しながら話を聞き、「残念だったね、でもまあ、酒飲みだったからね、自業自得だよね」ともっともらしく言い、「いろいろありがとうございました」と泰子が言うと、「いやいやこちらこそね、んじゃね」と軽い調子で言って電話を切った。宗田さんとの会話はさすがにそれよりは長かった。どこで亡くなったのか、原因はなんだったのか、最後は自分の名前が出たのか、などと彼は知りたがり、長沢の名前は出さないほうがいいと判断した泰子が、ここからも家出して最後は病院から連絡をもらったのだと告げると、「かなしい人生だよねえ、何が悪いっていうんでもないんだろうけど」と、あれほど執心していたわりには一般論のようなことを言い、「袖振り合うも多生の縁ってね、まあ、機会があったら線香でもあげにいきますよ」と話をしめくくった。

いろいろお世話になったのに何もできずにすみませんと、電話の切り際泰子が言うと、「まあ、猫の面倒をしばらくみたと思えばね」と、嫌みなのかそれとも本音なのかわからないことをつぶやき、「智くんによろしくね、気落ちしないようにって」そうつけ加えて電話を切った。遺産の話はまるで出てこなかった。あるいは、宗田さんが先に亡くなっていたら遺産はいくらかは直子のもとにいったのだろうかと、この先会うこともないだろう他人の財産について泰子はしばらく思いを馳せた。

直子のボストンバッグには、化粧ポーチと財布と手ぬぐい、下着類を含む衣類とノートが入っていた。表紙のとれかけた古いノートには、あかさたなの索引にまったく関係なく、ずらずらと人の名前と住所が書かれていた。最初のほうのページの字は、いくつか消えかかっていて判読できないものもあった。辻井、父の名前もあった。それもかなり前のほうのページである。あとのほうには宗田さんもあったし、石屋もあった。岡本というのが、石屋の名前らしかった。男の名前が多かったが、女名もいくつかあった。

直子が転々と身を寄せてきた人々だろうことはすぐに想像がついた。それをたどっていけば、智がどこでどのように成長してきたのか、直子がどういう場所を通過してきたのか、よくわかるはずだったが、一度さっと目を通しただけで気分が悪くなり、泰子はあわてて閉じると二度と見返さなかった。すべての名前や住所が記号のようであるのに、やけに生々しく感じられた。その下手な字で記された名前のひとつひとつに人生があり、ここに記されたことによってその人生は予想外の方向に大きくねじ曲がっていったのだろうと泰子は思った。その人生がふれあった、別の人の人生もまた。泰子の感じる生々しさは途方もなく遠くへ広がっていく。

智は清掃会社にまじめに通い続け、毎月の給料のうち十五万円を泰子に渡した。風呂を洗えおむつを替えろと言いつければ、ぐずぐずしたり文句を言ったりしながらも、きちんとこなした。部屋はいつもごたついていたし、流しには汚れた皿がたまり、小蠅がつねに飛んでいたけれど、明日花の空腹や排泄によって生活のリズムができつつあった。明日花の健診や予防接種も、仕事が休みならば智はついてきた。職場の人にもらったのだと言って、智はデジタルカメラで明日花の写真すら、撮るのだ。そういうことすべてが泰子は不思議でたまらなかった。籍は入れていないが、これは家族そのものだと思うのだった。自分たちがはじめたことが、なぜこんなふうにごくふつうの、だれもがやっていることに収束していくのかが納得いかないのだった。だってこれならば、山信太郎と結婚していたって、もう少し暮らしは上等だったろうが、根本的には同じではなかったか。泰子はそれで毎日思うようになった。この男はいつか出ていく。この暮らしに嫌気がさしていつか出ていく。本当はこういうことができない男なんだからきっと出ていく。あんまり毎日思うものだから、なんだかそうなるように祈っているみたいだと泰子は思う。

実際に智が帰ってこなくなったとき、泰子はやはり、かなしみより失望より不安より強く、安堵を感じたのだった。長く待っていたことがようやく実現したような、祈願成就の気分にも似ていて、そのことに泰子は苦笑する。もちろん泰子はそんなことを願っていたわけではなかった。サイズの合わない服を着せられているような日々ではあったし、現実味がまるで感じられないこともあったが、こまごました雑事に追われていれば、居心地の悪さも現実味のなさもときに忘れることができた。母を演じているのでも妻を演じているのでも家族を演じているのでもなく、そのすべてを引き受けている瞬間があった。

それでも絶え間なく、智がいなくなることを想像していたのである。それでよかったことのひとつは、あわてることなく現実処理ができたことである。

智が帰らなかった最初の夜は、気味の悪いくらい巨大な月が夜空に浮かんでいた。中秋の名月というのが何を指すのか泰子はよくは知らないが、けれどそのぎらりとした月を見て、それは今月のことかそれとも来月十月のことだろうかと、明日花に乳を飲ませながら考えていた。そのとき月の真下に音もなく稲光が走った。あまりにすばやく、錯覚だろうかと泰子は目を見開く。星が出て、月のどこにも雲はかかっていないというのに、遠くで雷鳴がとどろいた。と、また、空に裂け目が生じるように、細い幾本もの光が月の下を逃げるように走る。しばらくあとで、また、遠い地響きのような雷鳴が続く。雨の気配も嵐の気配もまるでないのに、どこかでは雨が降りはじめているのかと、明日花を抱いたまま泰子は立ち上がり、縁側に出て遠くに目を凝らす。

あ、智はもう帰ってこない。

無音で走る稲妻を三度目に見たとき、理由はわからないが、唐突に泰子は確信した。智は逃げた。ここから逃げた。父であることから、家族から、役割から、生活から、現実と現実味のなさから、逃げた。

一方で、どうしてそんなふうに思うのだろうと不思議でもあった。東京の友だちのところに遊びにいって帰ってこなかった日もあるし、給料日直後はいつも飲んで朝帰りである。

だから、まる一日帰らなくてもめずらしいことではない。

頭ではそう考えながらも、けれど生理や本能によく似たものが、智の不在をやけに強く確信しているのだった。

翌日の夜も、翌々日の夜も智は帰らなかった。その夜には、もう泰子は腹をくっていた。翌日すぐに泰子は明日花を背負ってハローワークに向かった。智の携帯電話に連絡することもなく、メールを書くこともなく、職場にも連絡をしなかった。智は会社には辞めることを前もって告げていたのか、会社からも泰子宛てに連絡はなかった。

就職情報誌も買って片っぱしから電話をかけた。給料や有給といった条件で選んでいる余裕はなかった。近くに保育園があり、残業がない仕事。アルバイトでもかまわなかった。スポーツクラブの清掃の仕事を、さがしはじめて三日目に得、スポーツクラブの託児所に明日花を預けて働きはじめた。翌月ようやく保育園が決まった。

意味のある言葉の行き来がまったくできない乳児とふたりの暮らしは、息苦しく、ときに鬱々としたものに感じられ、煉瓦のような疲れが日々背中にのしかかった。智がいるときはいるときで始終あれをしろこれをやり忘れていると声を荒らげることにうんざりし、苛つき、腹立ち、性交したことを悔いすらしていたのに、あんな智でもいればいたで役にはたっていたと、泰子は思うのだった。

いっこうに泣き止まない明日花を、眠気と疲れで朦朧としたままあやしたり、一円五円の小銭を放り込んでいた空き缶の中身を数え上げたりしているときに、泰子は直子の言葉を思い出した。

はじまったらあとはどんなふうにしてもそこを切り抜けなきゃなんないってこと、そしてね、あんた、どんなふうにしたって切り抜けられるものなんだよ、なんとでもなるもんなんだよ。

ところどころ歯の抜けた直子が、それでもはじめてしゃっきりした声で言った、あの言葉。認めたくはなかったが、どうやらその言葉にすがって日を送っていることに、泰子はとうに気づいていた。

出ていってから半年後、泰子は携帯電話の履歴に智の名を見つけた。時間は午前三時二十五分。おそらく、留守番電話に切り替わるのを承知で、わざわざ深夜にかけてきたのだろう。「悪い、まとまった金作れたら、帰るから。おれ、元気だから」と、あわただしい声がメッセージに残されていた。少し迷ったが、かけなおすことはしなかった。帰るから、という言葉も信用しないように泰子は気をつけた。まったく驚いたことに、うっかりすると待ってしまいそうだったから。それで目先のこと——洗濯機をまわさなくては、そのあいだに食器を片づけなくては、明日花のくしゃみが止まらなくなるから掃除機をかけなくては、おむつもそろそろ買い足さなくては——ばかりを必死に考え続けた。そうしていれば瞬きする間に一日が終わり、またあわただしい明日になった。

山信太郎に再会したのは、明日花を預けている保育園の、園庭だった。あまりに意外な場所だったので、泰子は最初、声をかけられ、名乗られても、記憶とその名がまるで一致しなかった。

「やっぱり泰子ちゃん。少し前に見かけて、似ているなって思って、だけどなんか声かけづらくて、でも今日は思い切ってかけてみて正解だったな」

にこにこ笑いながら話す男をまじまじと見つめているうち、ゆっくりと泰子の内でかつて結婚を約束した男の顔があぶり絵のように浮かんできた。だいじょうぶだよ、というその口癖とともに。

「どうして」こんなところにいるのかと訊こうとして、馬鹿みたいな質問だと思い泰子は口をとざす。自分が明日花を連れているように、太郎も子どもを連れているのだから。太郎も抱っこ紐で赤ん坊を抱いているのだから。来月二歳になる明日花と同じくらいに見える。黄色い服を着ていて、男の子か女の子かわからない。泰子は無意識のうちにめまぐるしく計算している。太郎と最後に会ったときは夏だった。明日花はまだおなかのなかにいた。その太郎が連れている赤ん坊は、だれの子か。

「山信ミノルでちゅ。ミノルは実が実るのあの字でちゅ」

太郎は声音を変えて言い、腕のなかの赤ん坊の首をひねってこちらを向かせお辞儀をさせて、泰子はぎょっとする。

「ど、どうも」

手をつないでいた明日花にもお辞儀をさせる。明日花はいやがって細い抗議の声をあげる。

「女の子ちゃんでちゅね」太郎が目を細めてのぞきこみ、

「明日の花で、明日花」太郎はこんな男だったかと戸惑いながら、泰子も赤ん坊の名を説明した。閉め切った窓から、室内の子どもたちの声が聞こえてくる。何人かが声をそろえて歌い、何人かが笑い、ひとり、泣いている子がいる。子どもの声はどうしてこんなにまっすぐ響くのだろうと、太郎と向かい合った泰子はふとそんなことを考えている。
二、三ヵ月前まではまだ明るかった時間なのに、もう夜のように暗い。バス停までの道を、泰子は太郎と並んで歩く。暗く沈んだ田んぼから虫の音が騒々しく響いてくる。
「あのときの赤ちゃん、女の子だったんだね」太郎が言う。

「来月で二歳」

「ぼくは五月生まれだから半年年下なんでちゅね」また太郎は抱きあげた子どもの腕や脚を操りながら、高い声を出す。山信実はおとなしい赤ん坊で、何をされてもじっと太郎を見上げている。

「泰子ちゃんと別れてすぐ、できた赤ん坊なんだ」と、太郎は今度はふつうの声音で話す。

泰子ちゃんと自分は呼ばれていたのだろうかと、泰子は不思議な思いで自分の名を聞く。「といってもフタマタとかそういうんじゃないんでちゅよ。あのあと小売店の子に誘われて飲みにいったんでちゅね、和田屋のりえちゃん、覚えてまちゅか？」訊かれ、泰子は首をふる。「そうでちゅよねー。覚えてないでちゅよねー。和田屋って店のりえちゃんと飲みにいって、しこたま飲んで、それでそういうふうになって、ちょっとびっくりしたことに、その一発で……一発なんて下品でちゅ！　あ、ごめんごめん」太郎は赤ん坊を繰りながらひとり芝居をし、泰子を見て照れたように笑い、「そんなふうにしてぼくが授かったんでちゅ。どうするって訊いたらりえは産みたいって言うし、ぼくも、せっかく授かった命だと思って、すぐ籍入れて。なんか奇妙な話みたいに思うかもしれないけど、でも、運命ってこんな感じなのかもしれないと思いもするんでちゅ」途中から、声音をどのように使い分ければいいのかわからなくなったらしい太郎は、大人の声で幼児語を話し出し、ふつうにしゃべってくれと言いたいのをこらえて泰子は相づちを打った。

バス停に着いてしまう。太郎がベンチに腰掛け、泰子もその隣に座る。幾台か車が通り過ぎていく。そのたび、自分たちの姿が白く照らされていく。運命、と泰子は思わずくり返してつぶやく。

「子どもってそんなにかんたんにできるものじゃないって、まわりの人に言われて、そう言われてよくよくまわりを見れば、ほんと、正しい日にきちんとそういうことをしてもできるとはかぎらないし、どっちもなんの問題もないのにできないって夫婦もいたりして、ちょっとすごい確率だなって、これはもう運命だなって……だってたった一回でって……もう、ギフトでしょ、それは。ははは」

明日花がぐずりだし、泰子は立ち上がってあやす。寒くないよう、帽子をしっかりとかぶせなおす。実は泣きもぐずりもしない。

「おとなしい子」泰子は実をのぞきこんで言った。

「こんなにちいさい子を預けるのはかわいそうだってうちのおふくろなんかは言うけど、でも社交性が育っていいと思うんだよね。うちの奥さんはぼくより忙しい人だから、預かってもらってるんだ。うちの、泣かないんだよね、最初から」

「えらいねえ」泰子はどこかほっとしていた。太郎があのあと自分よりもだいぶきちんとしているであろう女性と結婚し、父となっていることにもほっとしていたが、それよりも、太郎がまるで知らないような人であることに、泰子はずいぶんと安堵していた。まっとうで平凡で、頑丈で「ふつう」だと、自分が抱えたねじれとは無縁だと、太郎のことをずっと思っていた。でも、違った、と暗いバス停で泰子は確信するのだった。甲高い幼児語で話すこの男も、やっぱりどこかねじれているのだ。自分とは違うどこかが、自分とは違う具合に。もう無関係な男であるのに、泰子はそのことに深く安堵する。

「それでね、ぼく、思うんでちゅ。ぼくはどこからきたのかなって」ぼく、というのは、太郎ではなく実のことらしい。

「あの日ぼくが和田屋のりえちゃんと飲んであんなに酔っぱらったのはね、やっちゃんにふられたからなんだ。よりによって、やっちゃんのおなかには赤ちゃんがいるっていうし。ぼく、あのとき、本気で思ったんだよね、このまま気づかないふりして結婚しちゃおうかって。好きだったし、というか、そうしようって決めていたし」

遠くにバスの明かりが見える。白い光にゆき先の文字がぼんやり浮かび上がっている。けれど太郎は立ち上がろうとしない。

「でもまあ、無理だと言われて、それもそうだなって、ぼく、これでも落ち込んで、それでりえちゃんと飲みにいって愚痴を聞いてもらってさ。あんなに酔って、しかもやっちゃうなんて、人生ではじめてのことなんだ」太郎は、おとなしい赤ん坊のまるめた手のひらに指を差し入れ、開いたり、にぎったりをくり返しさせながら言い、「やっちゃうなんてまた下品でちゅよ！　あ、すみません」またひとり芝居をして、泰子に笑いかける。

「あのときはごめん」泰子は言った。

バスは止まらずに通り過ぎていく。バスがずいぶん遠ざかってから、太郎はまだ赤ん坊の手のひらをいじりながら、つぶやいた。

「そうじゃなくて、あのね、つまり、やっちゃんにこの人がふられていなかったら、ぼくはいないんでちゅよ。って考えると、ぼくはパパとママの子でちゅけれども、ぼくをこの世に連れてきたのは、やっちゃんだと思ったりも、ちゅるんでちゅ」

泰子は笑った。男だからそんなふうに思うのだ、奥さんはけっしてそんなふうには思っていないはずだと言おうとして、言わなかった。ふと、考えたからだった。ならばこの子、明日花はどこからやってきたのか。直子から、父から、いなくなった母から、死んだひょろりさんから、それらすべての記憶から、生まれた子だとは言えないか。

「だから会えてよかったでちゅ」そう言うと、太郎は立ち上がった。「同じ保育園ならきっとまた会いまちゅね。これからもよろしゅくねえー」太郎は明日花をのぞきこんで言い、明日花はこわがってか細く泣き出すが、それにはかまわず「じゃ、また」と手を挙げる。

「え、バスは？」と訊くと、

「ぼく、自転車だから」と、背を向け、そのまま夜に吸いこまれるように遠ざかっていった。はじめて会ったような男の背中を、しゃがんで明日花をあやしながら泰子は見つめる。わたしはどこからきたんでちゅかね。明日花のちいさな手をにぎり、泰子は口のなかでつぶやく。

智が戻ってきたのは、梅雨が明けたばかりのころだった。いつものように明日花を迎えにいき、帰ってきたら玄関先に立っていたのだった。足元には煙草の吸い殻がいくつも落ちている。なんだか似たような光景をいつか見た気がするが、それがいつなのか泰子は思い出せない。

「おーあっちゃん久しぶりぃー」自転車のチャイルドシートに座る明日花を智がのぞきこむと、明日花は声をはりあげて泣き出した。「あーやっぱり父と認定されてねえな、おれ」智はわざとらしく頭をかきながら言い、「なあ、焼き鳥とか食べにいこうぜ、おごるし」と満面の笑みで泰子を見た。

飲食店で食事をするのは久しぶりだった。座敷席で智と向かい合い、泰子はビールを飲む。ビールもまた、久しぶりだった。ジョッキ半分ほど一気に飲んでしまうと、

「おお、いくねえ」智が冷やかすように言った。明日花は座らず泰子の背に隠れるように立って智をうかがっている。

「長いこと、すまなかった」急に真顔になって智は座敷で頭を下げる。その芝居じみた仕草に苛立ち、

「みっともないからやめてよ」泰子はとがった声を出した。

串の盛り合わせが運ばれてくる。泰子は明日花のために、白いごはんとおしんこを注文し、焼き鳥を串から外して明日花の口元に持っていく。

「許してくれますか」智はまだ芝居を続けるつもりらしい。

「許すも許さないも、そうなるだろうなって思ってたから、べつになんていうこともないよ。もともと頼りにもしていないし」

「ひでえなあ。でも、ほんと、悪かったと思ってる」

「だから、いいってべつに」ママあのね、と明日花が耳元でささやく。なあに？　と訊くと、智をじっと見つめたまま、ママ、あのねとくり返す。同じことをくり返すのは、興味を引きたいときの明日花の癖だ。二度目は返事をせず、泰子は串にかぶりつく。砂肝だった。

「あっちゃん、なあに、パパが聞いてあげるよん」

智がぬっと顔を突き出すと、明日花は息をのんで泰子のうしろに隠れる。

「なあ、東京いかない？」

ビールを飲み干すと、それを見ていた智が言った。え？　と訊くと、東京、とくり返す。

「仕事、東京で見つかりそうなんだ、店やってる友だちが、二号店出すから、そこ任せてくれるって言ってて。それでおれ、ただ留守にしてたわけじゃなくて、今料理勉強してんの、知り合いのとこで。二年もすれば調理師免許もとれるし、あ、食品ナントカ責任者の資格もとったんだよ。だから年内にはオープンできるって話。どっかマンション借りて、そこで暮らそうよ、あの家はさ、貸したらいいんじゃない？　家賃入るし。売ってもいいけど、帰る場所があったほうが安心だしなあ。あっこから都内通えないこともないけどやっぱり遠いし、それに今度の仕事、午前さまとかざらだろうし」

「店ってなんの店」ごはんが運ばれてきて、泰子はビールをおかわりし、ごはんを明日花に食べさせる。明日花は、箸を口元に持っていくと智を見据えたまま ちいさく口を開いた。

「卓球バー。おれそういうの、もうとんと詳しくないんだけど、はやってるんだって。友だちんとこ、けっこうな人気店らしいよ」

「卓球？」

「そう、卓球台があって、あとはふつうのテーブルとカウンター席で、料理も出す」

「なんであんたなんかに任せてくれるわけ、その友だちは」

「『なんか』はないだろうが。いやまあ、おれ、根はまじめだし、ごまかさないし。っていうか、ごまかすような頭、ないし。だから信頼してるんじゃないの」

たしかにこの人はだらしがなくて口先ばかりだが、だましたりごまかしたりする方面に頭を使うことはできない、そのことは泰子も知っている。

「すみません、もろきゅうください」

カウンターでテレビを見ている割烹着の中年女性に追加注文し、自分でも気づかぬうちに泰子は夢想している。東京での暮らしは、きっと今よりは幾分か楽だろう。賃貸マンションは狭いだろうけれど、トイレの故障や水道管の不具合は管理会社がなんとかしてくれるのだろうし、町内会のどぶ掃除や回覧板の面倒もない。歩いていける距離に数軒のコンビニエンスストアがあるだろうし、飲食店だって総菜店だって無数にあって、今より困るということはまずない。仕事もきっと選ばなければここよりはもっとたくさんある。同じスポーツクラブの清掃にしたって、時給はずっと高いだろう。もしかしてまたいなくなるとしても、とりあえず智もいる。明日花に手がかからなくなるまでは、こんな智でもいないよりはいたほうが助かることもあるのである。何より智といると、気が楽になる。洗濯物が山を作ろうが、ゴミ収集の時間に間に合わなかったゴミ袋がいくつも重なろうが、そんなことで人は死なない、というような、ふてぶてしい気持ちになれるのだった。今も、そうだ。東京にいけば、とりあえずいってしまえば、なんとかなるような気に、すでに泰子はなっている。

ハイもろきゅうおまち。テーブルに置かれた皿から、キュウリをつまみぽりぽりと食べる。「いいかもね」泰子は言った。そう口にすると、本当にそれはいいことであるように思えた。正しいことのように。

「うん、いいよいいよ、きっといいよ。そうしようぜ、だから」

食い入るように智を見つめている明日花を膝に座らせ、泰子はキュウリを食べさせる。明日花は智から目を離さず、口に入れられるまま、ぽりぽりと音をたててちいさな口でキュウリを嚙む。

「あっちゃん、東京いこうか」泰子はのぞきこんで訊く。

「とうきょう?」つたない発音で明日花はくり返す。

「うん、東京。おもしろいよ、きっと」

「ママいく?」

「ママいくよ、だからいっしょにいこうよ」

「うんー」泣きそうな顔で、明日花は泰子を見上げる。

夜道を歩く。締めの鳥雑炊を食べているあいだに明日花はうつらうつらしはじめ、店を出るときは眠っていた。眠る明日花を智がおぶっている。その後ろ姿を、数歩あとから泰子は眺めて不思議な気持ちになる。智は、自分が父親だと実感しているようには思えない。あんなふうにふらりといなくなることができるのは、だからだろう。それでも智はときどきやってみたくなるらしい。家族ごっこ、父親ごっこを。またそこから逃げたくなるくせに。あるいは、自分が父親だと実感したら、逃げなくなるのだろうか。腰を据えるのだろうか。私たちに、ごっこではない家族が作れるのだろうか。そんなものを知らずに育った私たちに。

「テレビで会った田中一代のこと、知ってる?」

智が急にふりむいて訊いた。知ってる? という質問の意味がわからず、覚えているかと訊かれているのかと泰子は理解し、「うん」とうなずく。もちろん忘れるはずがない。子を産んだとき、智が出ていったとき、朦朧としながら明日花に乳を飲ませているとき、ぼんやりと泰子は思い出した。田中一代と、ゆとりを受けて育ったその娘を。思い出して何か思うわけではない。会いたいとか、会わせたいとか、願うわけではない。ただ、思い描くだけだ。

「すごいよな、やるよな、あの人」智がにやにや笑いで言う。

「え、何」

「知らないの？」

「だから何」

「いや、少し前にワイドショーでやってたじゃん。離婚してひとまわり年下のサーファーと交際って」

「え、何それ。っていうか、そんなことがニュースになるくらい有名な人だっけ」

智が話しているのがだれのことなのかわからず、泰子は混乱する。

「本当に知らないんだ？」と驚いた顔で智が説明するところによれば、もともとフードコーディネイターだった田中一代は、あのテレビ出演をきっかけに、料理番組や情報番組に登場するようになり、そればかりか雑誌や新聞で女性の生き方、自身の過去について語ることすらしはじめ、世間的な知名度はこの三年あまりで飛躍的にあがったらしい。明日花を産んでからは雑誌の立ち読みはおろかテレビを落ち着いて見ることもなくなった泰子は、実の母親のそうした「活躍」を、まるで知らずにいた。

その一代が、去年の暮れに離婚をし、それについてもまたテレビで語り雑誌で語り、つい数ヵ月前には、年下のサーファーとの交際がワイドショーに報じられたのだと、まるで一時ファンだった女性タレントについて語るように、智は熱心に話した。

「それ、本当の話？」おそるおそる泰子は訊いた。

「ほんとほんと。知ってるとばかり思ってた。少し前のアレだから、今はもう話題にもなってないと思うけど、そのうち本人がまた自分で語るでしょ、雑誌とかで。しかしすげえよな、あのおばさん」

「じゃあ」あの家にはもう一代は住んでいないんだ、と、泰子は言いかけて言葉をのみこんだ。ひとりで見にいった馬鹿でかい洒落た家を思い描く。あそこにはいない——急に腹の奥から抑えきれない笑いがこみ上げてきて、泰子は口を開けてそれを放出する。

出ていったのだ、一代は。出ていった先の家を、ふたたび、だれに追い出されるのでもなく、自身の意志で。彼女が目指したのはあのゆとりある家ではなかったのだ。

つまり一代は、いや一代だけではない、直子も、父も、ひょろりさんも、太郎も、和田屋のりえちゃんも、自分も智も、明日花も、結局のところ、どこだかわからない場所にがむしゃらに向かっているのか。だれかに追い出され、だれかにせき立てられ、だれかに無理矢理手を取られ、だれかにその場を奪われているのではなくて、そのように見えるそのどれも、じつはみずからの足で、みずからの衝動に促されて進んでいるのか。どこだかわからないが、自分にしかたどり着けないような場所に向かって。いくつも、いくつも、無数の波紋を広げながら。

直子はいつから直子だったのかと、ずっと不思議に思っていたことを、泰子は今、思い出し、そして答えを得る。直子は最初から直子で、そして、どんどん直子になって、たったひとり、直子の完成形で死んだのだ。

泰子が笑いやめずにいると、智もつきあうように声を合わせて笑いはじめた。その声に目を覚ました明日花がぐずりだす。暗い国道に、二人の笑い声とひとりのぐずり声が響き渡る。

上野に向かう列車は空いている。泰子はスナック菓子を食べながら、窓の外を眺める。膝に座った明日花が、お菓子を自分にもくれと大げさにぐずり、泰子はそのたびスナック菓子を彼女の口に入れた。空は曇って低く垂れこめている。ママ、どこいくの、と明日花が不安そうに訊く。これで三度目だ。東京だよと最初は答えていたが、面倒になり、さあ、どこだろうねと泰子は返す。

出てきた一軒家の賃貸管理は駅前の不動産屋に前から頼んである。二ヵ月たっても借り手が見つからず、家賃を七万三千円から六万五千円に下げたほうがいいのではないかと不動産屋は言い出していて、それにはまだ返事をしていない。ほとんどの荷物は粗大ゴミに出し、直子の遺骨箱も含め必要最低限のものは宅配便で東京に送ってある。四時七分に列車が到着する上野駅で、智が待っているはずである。逃げていなければ、たぶん。もちろん泰子は、そこに智がいないことも想定している。でも、決めたのだ、そこに智がいないとしても、自分はいくと。

列車はさっき土浦を過ぎた。水滴が窓ガラスにはりついて、流れる。あ、と思うまもなく、窓一面に水滴がたたきつけられては横に流れていく。泰子と明日花はスナック菓子を食べる手を止めて窓にはりついては消える水滴を見つめる。明日花の髪からは嗅ぎ慣れたリンスのにおいが漂っている。

雨を見るのに飽きて、泰子は頭上を見やる。網棚に生活用品の入ったデイパックが置いてある。チャック部分にとりつけたアニメキャラクターのキーホルダーが垂れ下がって揺れている。荷物のなかに入っている、直子のぼろぼろのノートを思い浮かべる。ほかのいっさいは捨てたのに、それだけはどうしても捨てることができず、開くのもいやなのに、荷物に入れたのだった。今、自分の向かう先が、かすれた文字でそのノートに記されているような気が、泰子はしている。

「ママ、どこいくの」明日花が訊き、

「さあ、どこだろうね」頭上のデイパックから目をそらし、明日花の髪に顔を埋めてリンスのにおいを深く吸いこみ、泰子は答える。

解　説――物語を破壊する女たち

小池昌代

月と雷。微妙な距離感のある取り合わせだ。いずれも空に関わりがあり、その意味では、近い言葉といえる。けれど一方は天体であり、一方は自然現象。同列に並べると、きしむ感じがある。小説に登場する人々の関係性も、この取り合わせの落ち着かなさに、どこか似通うものがある。出会っても簡単に一つには混ざり合わない。ぶつかりあい、思いがけない方向へころがっていくが、それはさながら、ビリヤード台の上の様々な色をした球が、衝突し、一方が一方に押し出され、方々へ分裂しあうさまによく似ている。

偶然加えられた何かの力によって、仕方なくそうなってしまったという、一種の「自然状態」が描かれている。喩《たと》えをまた、ビリヤードに戻せば、そんな状態に導いた人、つまり最初に球を衝《つ》いたのは誰なのかと考えていくと、思いつく女がいないわけではないのだけれど、行き着いたところで、何かがふわっととけてしまう。つまり、わたしたちは「無」にたどり着くだけだ。しかしその「無」は、冷え冷えとしていない。細部に働く作家の観察眼は、鋭いし時に意地悪である。生活というものを持たない女や男が登場し、彼らの生のありようも、基本的なものがごっそり抜けていて怖しいほど。しかし繰り返すが、作品には、生みたての卵のような微妙な温もりが通っている。わたしが想像するのは、パン生地などを発酵させるときの、あの微妙な温度である。ぷつぷつと、生が発酵している。何かが生まれる前の予感を孕んだ「混沌」がまさにここに広がっている。

それをもっともわかりやすく体現しているのが、東原直子であろう。彼女はかつて未婚のまま智を産んだ。相手の男には妻子があった。だがこうした紹介の仕方が、どうも彼女にはそぐわない。なぜなら直子は、世間に流通している言葉やイメージが、ことごとく無効となる世界に生きているから。いや、そんな世界そのものだから。生活能力全くなし。テレビを観ては酒ばかり呑んでいる。なのに、ただのおばさんになった現在に至るまで、常に誰かに(誰かとは不特定多数の男だが)、好意を寄せられ拾われてきた。定住しかけては、またふらりといなくなる。そんなことの繰り返し。智も小さい頃は、この母親に付いて、各地を漂流してきたのである。

そんな暮らしのなか、智に特別の記憶を残したのが辻井という男の家で過ごした日々である。直子との浮気がばれ、妻が家を出ていったあと、直子と小学生だった智は、茨城にあった辻井の家で一年ほどの月日を暮らす。そこには智と同い年の泰子という娘がいた。

辻井は仕事で帰りが遅く、直子は子供を育てられるような女ではない。当然、生活は滅茶苦茶になる。食事はほとんど駄菓子。学校へは行っても行かなくてもいい。二人の子供は素っ裸で遊ぶ。寝るとき、布団のなかで、互いの裸を撫でさすった至福の時を、智は大人になっても忘れられず、ある日、母親を通じて泰子を探し出す。そこからのこの小説は、泰子という新たな視点を得て、一挙に複合的な様相を帯びていく。物語が、かけらのような物語を生みながら、さらに大きな物語へと太っていくのである。そのような構造を生み出しているのも、作者というより、一人のモンスター、直子だという感触がある。読者の多くは、この直子に嫌悪感を覚えながらも、次第に惹き込まれていくだろう。

小説の中盤で、彼女は智と短い間、同居する。家事をほとんどしない、この混沌の女が、気まぐれに作る料理といえば、これまた混沌料理。ルーを入れるだけのカレーかシチュウ。だがそのカレーに入っているじゃが芋というのが、生煮えで固いとあって、わたしはほとんど怒りを覚えた。頭でなくわたしの胃袋が怒っていた。なぜ、こんな女に巻き込まれなければならないのか。

だが直子のようにならないために、わたしたちは一体どんな力で、自らを縛っているのだろう。それは我身の内にある自制心か。それとも外側の世間から押し寄せてくる力なのか。ともかく人間の群れにかろうじて秩序をもたらしている、見えない力が電流のように社会には張りめぐらされている。それは時に制約だが、そこを踏み外せば、まだ自立できない生き物は死んでしまう。よく智は生き延びたものだと思う。そう思いながらも、わたしは直子の自由に一瞬、嫉妬する。そして多くの女は、そんな直子に育てられた、不幸の色気を持つ智に惹かれるのだ。

息子・智の部屋へやってきた直子は、智がかつて「連れこんだことのある多くの女たちのように」「部屋をくるくる見まわしたりしない」。「まるで最初から知っている場所であるかのように、すうっと上がり、すうっと隅に座る」。あるがままを実践する直子に、まったしてもわたしはすうっと惹かれてしまう。彼女の内には、貧しい外見とは裏腹に、底のない透明なカオスがある。カレーも作れない直子に対し、殴りたいくらいの怒りを引き出されながら、わたしは、いつしかその怒りさえも、直子のカオスに吸収されてしまっていると感じ、この小説を読み続ける。

形としては直子に追い出され、不幸にされたはずの辻井の元妻・一代も、実は直子のカオスを別の形で分け持つ女であり、「物語」を覆す生命力に満ちている。一代の娘の泰子もまた、彼女らのいびつさとカオスを引き継ぎ、生まれたばかりの明日花もまた、そのいびつな混沌を引き継いでいくだろう。気になるのは、泰子が心の内で「ひょろりさん」と呼んだ雪菜だが、彼女だけは自らのカオスに吸い込まれるように消滅してしまった。泰子の悪意が追いつめたようなもので、今度は泰子に怒りを覚えるが、彼女にも十分、自覚はある。

両親の離婚原因を作り、後に義母となった直子に、泰子は好奇心から次々と質問する。

このときの泰子はほとんど作者である。読者のためにこの質問をしているとしか思えない。だが読者は、少なくともわたしは、もうほとんど直子に呑まれかけていて、そんな泰子の権力的な声がうるさくてたまらない。すると直子も苛立って言う。「わかんないんだよ、そんなこといちいち」と。「……そんなふうに訊かれても困っちまうだけなんだよ」と。そして、「あのとき、とかね、いくら考えてもどうしようもないだろ、だったらそんなことを考えないで、今日一日をなんとかして終わらせるんだ、そうすっと明日になるからね、私はさ、そういうふうにしか考えたことがないから、あんたの言うことは何ひとつさっぱりわかんないの」。この直子の言葉の側に、いつしかわたしも付いていて、そんな自分に、ここでも驚く。

「言葉」で説明したり言い訳したり、一つの出来事や、誰か一人の人に、不幸の原因をすべて押し付けたりする明解な「物語」を、この小説に登場する者たちは拒否している。その意味では「反物語」がここにある。人が人と出会い子供を作って死ぬという「物語」を量産し続ける結婚制度という装置に対し、直子という装置は、男を呑み込み、だらしなく広がり、そうした「物語」の根元を腐らせてしまう。

始まったらあとは終わりまで行くしかない。そうしてどんなふうにしてもそこを切り抜けるしかなく、すべてはなんとかなるものなのだという直子のせりふは、不気味なほど前向きで、どこか宇宙の始まりを告げる無の宣言に聞こえる。わたしたちを励ましているのか、無の穴へと誘惑しているのか、あるいは案外、まっとうな道を示唆しているのか、はたまた他者を殺して生きる、生の残酷な真実をささやいているのか。作品の底には、縄のように野太い生命力が感じられるが、生命礼賛の話でもない。子は、産もうとする前に生まれてしまい、人が死ぬのも止めることはできない。作品のそこかしこに、人智の及ばぬ「自然」が口を開いていた。

（こいけ まさよ　詩人・小説家）

『月と雷』二〇一二年七月　中央公論新社刊

中公文庫

月《つき》と雷《かみなり》

2015年5月25日　初版発行

著　者　角《かく》田《た》光《みつ》代《よ》

発行者　大橋　善光

発行所　中央公論新社
〒100-8152　東京都千代田区大手町1-7-1
電話　販売 03-5299-1730　編集 03-5299-1890
URL http://www.chuko.co.jp/

ＤＴＰ　平面惑星
印　刷　大日本印刷（本文）
　　　　三晃印刷（カバー）
製　本　大日本印刷

Published by CHUOKORON-SHINSHA, INC.
Printed in Japan　ISBN978-4-12-206120-0 C1193

各書目の下段の数字はISBNコードです。978-4-12が省略してあります。

中公文庫既刊より

か-61-2
夜をゆく飛行機　角田光代
谷島酒店の四女里々子には「ぴょん吉」と名付けた弟がいて……うとましいけれど憎めない、古ぼけてるから懐かしい家族の日々を温かに描く長篇小説。
205146-1

か-61-3
八日目の蟬《せみ》　角田光代
逃げて、逃げて、逃げのびたら、私はあなたの母になれるだろうか……。心ゆさぶるラストまで息もつがせぬ傑作長編。第二回中央公論文芸賞受賞作。〈解説〉池澤夏樹
205425-7

か-61-1
愛してるなんていうわけないだろ　角田光代
時間を気にせず靴を履き、いつでも自由な夜の中に飛び出していけるよう…好きな人のもとへ、タクシーをぶっ飛ばすのだ！　エッセイデビュー作の復刊。
203611-6

あ-80-1
あかりの湖畔　青山七恵
湖畔に暮らす三姉妹の前に不意に現れた青年。運命の出会いが、封じられた家族の「記憶」を揺さぶって——人生の小さな分岐点を丹念に描く傑作長編小説。
206035-7

あ-81-1
あおむけで走る馬　新井千裕
イケなくなった売れっ子ホストの兄、ひたすらビル登りをする弟。そして元美人の太った女。無垢にしか生きられない三人が手探りする、温かな旅路とは……。
206054-8

い-3-2
夏の朝の成層圏　池澤夏樹
漂着した南の島での生活。自然と一体化する至福の感情——青年の脱文明、孤絶の生活への無意識の願望を描き上げた長篇デビュー作。〈解説〉鈴村和成
201712-2

い-3-3
スティル・ライフ　池澤夏樹
ある日ぼくの前に佐々井が現われ、ぼくの世界を見る視線は変った。しなやかな感性と端正な成熟が生みだす青春小説。芥川賞受賞作。〈解説〉須賀敦子
201859-4

い-3-4
真昼のプリニウス
池澤夏樹
世界の存在を見極めるために、火口に佇む女性火山学者。誠実に世界と向きあう人間の意識の変容を追って、小説の可能性を探る名作。〈解説〉日野啓三
202036-8

い-3-6
すばらしい新世界
池澤夏樹
ヒマラヤの奥地へ技術協力に赴いた主人公は、人々の暮らしに触れ、現地に深く惹かれてゆく。人と環境の関わりを描き、新しい世界への光を予感させる長篇。
204270-4

い-3-8
光の指で触れよ
池澤夏樹
土の匂いに導かれて、離ればなれの家族が行きつく場所は——。あの幸福な一家に何が起きたのか。『すばらしい新世界』から数年後の物語。〈解説〉角田光代
205426-4

い-115-1
静子の日常
井上荒野
おばあちゃんは、あなどれない——果敢、痛快、エレガント。75歳の行動力に孫娘も舌を巻く！　ユーモラスで心ほぐれる家族小説。〈解説〉中島京子
205650-3

お-51-1
シュガータイム
小川洋子
わたしは奇妙な日記をつけ始めた——とめどない食欲に憑かれた女子学生のスタティックな日常、青春最後の日々を流れる透明な時間をデリケートに描く。
202086-3

お-51-2
寡黙な死骸 みだらな弔い
小川洋子
鞄職人は心臓を採寸し、内科医の白衣から秘密がこぼれ落ちる…時計塔のある街で紡がれる密やかで残酷な弔いの儀式。清冽な迷宮へと誘う連作短篇集。
204178-3

お-51-3
余白の愛
小川洋子
耳を病んだわたしの前に現れた速記者Y、その特別な指に惹かれたわたしが彼に求めたものは。記憶と現実の危ういはざまを行き来する、美しく幻想的な長編。
204379-4

お-51-4
完璧な病室
小川洋子
病に冒された弟と姉との最後の日々を描く表題作、海燕新人文学賞受賞のデビュー作「揚羽蝶が壊れる時」ほか、透きとおるほどに繊細な最初期の四短篇収録。
204443-2

各書目の下段の数字はISBNコードです。978-4-12が省略してあります。

お-51-5
ミーナの行進
小川洋子
美しくて、かよわくて、本を愛したミーナ。あなたとの思い出は、損なわれることがない――懐かしい時代に育まれた、ふたりの少女と、家族の物語。谷崎潤一郎賞受賞作。
205158-4

お-51-6
人質の朗読会
小川洋子
慎み深い拍手で始まる朗読会。耳を澄ませるのは人質たちと見張り役の犯人、そして……。しみじみと深く胸を打つ、祈りにも似た小説世界。〈解説〉佐藤隆太
205912-2

か-57-1
物語が、始まる
川上弘美
砂場で拾った〈雛型〉との不思議なラブ・ストーリーを描く表題作ほか、奇妙で、ユーモラスで、どこか哀しい四つの幻想譚。芥川賞作家の処女短篇集。
203495-2

か-57-2
神様
川上弘美
四季おりおりに現れる不思議な生き物たちとのふれあいと別れを描く、うららでせつない九つの物語。ドゥ・マゴ文学賞、女流文学賞受賞。
203905-6

か-57-3
あるようなないような
川上弘美
うつろいゆく季節の匂いが呼びさます懐かしい情景、ゆるやかに紡がれるうつつと幻のあわいの世界。じんわりとおかしみ漂う味わい深い第一エッセイ集。
204105-9

か-57-4
光ってみえるもの、あれは
川上弘美
いつだって〈ふつう〉なのに、なんだか不自由……。生きることへの小さな違和感を抱えた、江戸翠、十六歳の夏。みずみずしい青春と家族の物語。
204759-4

か-57-5
夜の公園
川上弘美
わたしいま、しあわせなのかな。寄り添っているのに、届かないのはなぜ。たゆたい、変わりゆく男女の関係をそれぞれの視点で描き、恋愛の現実に深く分け入る長篇。
205137-9

か-57-6
これでよろしくて？
川上弘美
主婦の菜月は女たちの奇妙な会合に誘われて……夫婦、嫁姑、同僚。人との関わりに戸惑いを覚える貴女に好適。コミカルで奥深いガールズトーク小説。
205703-6

各書目の下段の数字はISBNコードです。978－4－12が省略してあります。

ほ-12-1
季節の記憶
保坂和志
ぶらりぶらりと歩きながら、語らいながら、うつらうつらと静かに時間が流れていく。鎌倉・稲村が崎を舞台に、父と息子の初秋から冬のある季節を描く。
203497-6

む-4-3
中国行きのスロウ・ボート
村上春樹
1983年――友よ、ぼくらは時代の唄に出会う。中国人とのふとした出会いを通して青春の追憶と内なる魂の旅を描く表題作他六篇。著者初の短篇集。
202840-1

よ-39-4
針がとぶ　Goodbye Porkpie Hat
吉田篤弘
伯母が遺したLPの小さなキズ。針がとぶ一瞬の空白に、どこかで出会ったなつかしい人の記憶が降りてくる。響き合う七つのストーリー。〈解説〉小川洋子
205871-2

よ-25-1
TUGUMI
吉本ばなな
病弱で生意気な美少女つぐみと海辺の故郷で過した最後の日々。二度とかえらない少女たちの輝かしい季節を描く切なく透明な物語。〈解説〉安原　顯
201883-9

よ-25-2
ハチ公の最後の恋人
吉本ばなな
祖母の予言通りに、インドから来た青年ハチと出会った私は、彼の「最後の恋人」になった……。約束された至高の恋。求め合う魂の邂逅を描く愛の物語。
203207-1

よ-25-3
ハネムーン
吉本ばなな
世界が私たちに恋をした――。別に一緒に暮らさなくても、二人がいる所はどこでも家だ……互いにしか癒せない孤独を抱えて歩き始めた恋人たちの物語。
203676-5

よ-25-4
海のふた
よしもとばなな
ふるさと西伊豆の小さな町は海も山も人もさびれてしまっていた。私はささやかな想いと夢を胸に大好きなかき氷屋を始めたが……。名嘉睦稔のカラー版画収録。
204697-9

よ-25-5
サウスポイント
よしもとばなな
初恋の少年に送った手紙の一節が、時を超えて私の耳に届いた。〈世界の果て〉で出会ったのは……。ハワイ島を舞台に、奇跡のような恋と魂の輝きを描いた物語。
205462-2